CHARLES VI

OPÉRA EN CINQ ACTES,

PAROLES DE MM. CASIMIR DELAVIGNE
ET GERMAIN DELAVIGNE,

MUSIQUE

DE F. HALÉVY,

Membre de l'Institut,

REPRÉSENTÉ POUR LA PREMIÈRE FOIS

Sur le Théâtre de l'Académie Royale de Musique,

Le 15 Mars 1843.

Prix : 1 franc.

PARIS,
MAURICE SCHLESINGER, ÉDITEUR DE MUSIQUE,
97, RUE RICHELIEU.
JONAS, LIBRAIRE DE L'OPÉRA.
1843.

Paris. — Imprimerie de Bourgogne et Martinet, rue Jacob, 30.

CHARLES VI.

DIVISIONS DU CHANT AU PREMIER ACTE.

Marcel, Ludger,	Paysans.	MM. F. Prévot. Octave.

CHŒURS.

PAYSANS.

1ers ténors : MM. Laussel, Gousson, Laforge, Laissement, Cresson, Delorge, Desdet, Chazotte.
2es ténors. MM. Menard, Robert, Couteau, Kœnig, Louvergne, Clavé, Donzel, Sarniguet, Marin, Foy.
1res basses : MM. Hens, Tardif, Delahaye, Duclos, Ducellier, Hano, Soler.
2es basses : MM. Goyon, Esmery 1er, Esmery 2e, Georget, Menoud, Montamat, Hersant, Nathan, Eugène.

PAYSANNES.

1ers dessus : Mmes. Sèvres, Blangy, Barbier, Proche, Duclos, Courtois, Fontaine, Mariette, Hirschler, Pau-ard, Remy, Lemarre, Leroux, Carda, Thénard, Guillaumot, Lechène, Legrand.
2es dessus : Mmes. Laurent, Bouvenne, Groneau, Ingrand, Baron, Bournay, Tuffaut, Couftier, Vaillant, Moreau, Florentin, Jacques, Marix, Ernest.

ENFANTS.

Aymès, François, Roger, Mayeux, Lutz, Serène, Fréminet, Loiseau.

SOLDATS ANGLAIS.

1ers ténors : MM. Picardat, Dauger, Monneron.
2es ténors : MM. Coguet, Olen, Cajaud.
1res basses : MM. Bouvenne, Gulon, Ducauroy.
2es basses : MM. Gaudefroy, Forgues, Doutreleau.

ACTE II.

CHŒURS.

SEIGNEURS ET DAMES DE LA COUR.

Tout le personnel du chant. (*Voy.* 1er acte.)

ACTE III. — 1er TABLEAU.

ÉTUDIANTS (sujets), du petit chœur.

MM. F. Prévot, Molinier, Octave, Ragueno, Martin, Crosti, &c. Étudiants du petit chœur.
1ers ténors : MM. Kœnig, Desdet, Chazotte.
2es ténors : MM. Robert, Donzel et Marin.
1res basses : MM. Duclos, Delahaye, Hens.
2es basses : MM. Montamat, Nathan.

HOMMES DU PEUPLE.

1ers ténors : MM. Laussel, Gousson, Laforge.
2es ténors : MM. Coguet, Menard, Louvergne.
1res basses : MM. Tardif, Hano, Ducellier.
2es basses : MM. Menoud, Hersant, Eugène.

FEMMES DU PEUPLE.

Toutes les dames du chant. (*Voy.* 1er acte.)

2e TABLEAU.

SEIGNEURS ANGLAIS.

1ers ténors : MM. Picardat, Danger, Monneron.
2es ténors : MM. Coguet, Olen, Cajaud.
1res basses : MM. Bouvenne, Gulon, Ducauroy.
2es basses : MM. Gaudefroy, Forgues, Doutreleau.
Étudiants. (*Voy.* 1er tableau.)

BOURGEOIS ET HOMMES DU PEUPLE.

BOURGEOISES, MARCHANDES, VILLAGEOISES.
Voy. les actes précédents.

ACTE IV.

L'homme de la forêt.	MM. Massol.
Le fantôme de Jean-Sans-Peur.	F. Prévot.
Le fantôme de Clisson.	Martin.
Le fantôme de Charles d'Orléans.	Brémond.

SCÈNE DES APPARITIONS. Tout le chant.

2e entrée. Seigneurs et dames nobles. (*Voy.* 2e acte.)

ACTE V. — 1er TABLEAU.

CHEVALIERS FRANÇAIS (sujets).

Tanguy-Duchâtel.	MM. F. Prévot.
Dunois.	Octave.
Lahire.	Martin.
Saintrailles.	Saint-Denis.
Un soldat.	Poultier.

CHŒURS.

SOLDATS FRANÇAIS.

Sentinelle.	MM. Hens.
Un soldat.	Kœnig.

1ers ténors : MM. Cresson, Laussel, Laissement, Gousson.
2es ténors : MM. Sarniguet, Robert, Couteau, Donzel, Olen, Marin, Coguet.
1res basses : Ducellier, Delahaye, Duclos, Soler, Gulon.
2es basses : Hersant, Eugène, Georget, Montamat, Nathan.
BOURGEOIS, ÉTUDIANTS, PAYSANS. (*Voy.* les actes précédents.)

2e TABLEAU.

SOLDATS FRANÇAIS, BOURGEOIS, ÉTUDIANTS, PEUPLE. (Comme au précédent tableau.)

DAMES NOBLES ET ENFANTS. (*Voy.* 2e acte.)

ACTE 1er. — DANSE.

10 CHASSEURS.	DAMES.	SOLDATS ANGLAIS.
MM. L. Petit.	Mmes. Coupotte.	MM. Fromage.
Lenfant.	Delacquit.	Provost.
Isambert.	Julien 1re.	Dugit.
Cornet 1er.	Duménil.	Renauzy.
Bégrand.	Campan.	Lenoir.
Célarius.	Leclercq.	Feltis.
Lefevre.	Vaslin.	
Josset.	Saulnier.	
Grenier.	Lacroix.	
Carré.		

PAGES DE HENRI VI.

Mlles Jeandron 1re.	Jeandron 2e.	Toutain.
Devion.	Favre.	Nathan.

PAGES DE CHARLES VI.

Mlles Lenoir.	Giraudier 1re.	Richard.
Péché.	Pézée.	Voisin.

ACTE II.

PAS D'ENSEMBLE.

MM. Mabille, Mlle Maria.
MM. Adrice, Millot, Gourdoux, Ponceau.
Mmes Wiethof 1re, Caroline, Pierson, Saint-Georges.

CORPS DE BALLET.

MM. Dimier, Saxoni, Martin, Fromage, Rouget, Cornet 2e, Renauzy, Duget, Scio, Châtillon, Gondoin, Souton, Guiffard, Provost, Josset, Carré.
Mmes Drouet, Bouvier, Lacoste, Danse, Toussaint, Masson, Marquet 2e, Josset, Courtois, Robin, Colson, Feugère, Paget, Franck, Dabas 2e, Baillet.

ACTE II.

Pas de deux. — Mmes Pauline Leroux, Sophie Dumilâtre.
Les pages du 1er acte. — Les seigneurs du 1er acte.

ACTE III.

LE ROI HENRI VI : M. Viéthof 2e; LE DUC DE WARWICK : M. Quériau.

ÉTUDIANTS.

MM. Saxoni, Rouget, Châtillon, Ponceau, Martin, Gourdoux, Cornet 2e, Souton, Scio, Duget.

MARCHANDES DE FLEURS.

Mmes Bouvier, Bourdon, Masson, Baillet, Marquet 2e, Feugère.

SEIGNEURS.

MM. Petit, Lenfant, Isambert, Cornet 1er, Bégrand, Célarius, Lefèvre, Josset, Grenier, Carré.

DAMES DE LA COUR.

Mmes Coupotte, Delacquit, Duménil, Campan, Leclercq, Vaslin, Saulnier, Lacroix, Bénard.

PEUPLE.

MM. Pinguely, Maujin, Archinard, Berteaux, Albrié, Carron, Feaufert, Beauchet, Dieul 1er, Dieul 2e, Hardy, Viéthof 1er.
Mlles Hunter, Laurent 2e, Girandier 2e, Cassan, Maujin, Chambret, Rousseau, Marquet 3e, Eglincelle, Passerieux, Vaudeas, Savel, Viéthof 2e, Julien 2e, Montpérin, Jeunot, Elluchart, Mayé.

ACTE IV.

LE FAUX CHARLES VI : MM. Scio;
LE FAUX DAUPHIN : Cornet 2e.

TROIS ASSASSINS.

MM. Martin, Rouget, Ernest.

DEUX PAGES.

Mlles Jeandron 1re, Jeandron 2e.

ACTE V.

CHEVALIERS FRANÇAIS

MM. Lefèvre, Lenfant, Isambert, Bégrand, Grenier, Monet.

CHEVALIERS ANGLAIS.

MM. Feltis, Coulon, Carré, Darcour.

Les pages français et a[illegible]s, les dames de la cour, le peuple.

CHARLES VI,

OPÉRA EN CINQ ACTES,

Paroles de MM. CASIMIR DELAVIGNE et GERMAIN DELAVIGNE,

MUSIQUE DE

F. HALÉVY,

Membre de l'Institut,

REPRÉSENTÉ POUR LA PREMIÈRE FOIS

Sur le Théâtre de l'Académie Royale de Musique,

Le 15 mars 1843.

Prix : 1 franc.

PARIS,

MAURICE SCHLESINGER, ÉDITEUR DE MUSIQUE,

97, RUE RICHELIEU.

JONAS, LIBRAIRE DE L'OPÉRA.

1843.

PERSONNAGES.	*ACTEURS.*
CHARLES VI	MM. BARROILHET.
LE DAUPHIN	DUPREZ.
LE DUC DE BEDFORT	CANAPLE.
RAYMOND	LEVASSEUR.
L'HOMME DE LA FORÊT DU MANS	MASSOL.
TANGUY DUCHATEL	F. PREVOT.
DUNOIS	OCTAVE.
LAHIRE	MARTIN.
SAINTRAILLES	SAINT-DENIS.
UN ÉTUDIANT	MOLINIER.
UN SOLDAT	POULTIER.
LIONEL, officier anglais	RAGUENOT.
LOUIS D'ORLÉANS, JEAN-SANS-PEUR, CLISSON : PERSONNAGES FANTASTIQUES.	BREMOND.
ISABELLE DE BAVIÈRE	Mmes DORUS-GRAS.
ODETTE, fille de Raymond	STOLZ.
LE JEUNE LANCASTRE (personnage muet).	

CHEVALIERS FRANÇAIS ET ANGLAIS.

SEIGNEURS ET DAMES de la cour.

SOLDATS FRANÇAIS ET ANGLAIS, PAGES, BOURGEOIS, ÉTUDIANTS, PEUPLE, etc., etc., etc.

(Les auteurs ont cru devoir rétablir ici, pour l'intelligence de l'action, quelques développements dont les exigences naturelles du spectacle et de la musique ont rendu la suppression nécessaire.)

CHARLES VI.

ACTE PREMIER.

Le théâtre représente l'intérieur d'une métairie. Une porte au fond, deux fenêtres et deux portes latérales.

SCÈNE I.

RAYMOND, ODETTE, MARCEL, LUDGER, BATELIERS, PAYSANS et PAYSANNES.

(Un groupe de jeunes filles entoure Odette, qui rêve tristement; des parures et des corbeilles de fleurs sont déposées près d'elle.)

CHOEUR DE JEUNES FILLES, à Odette.

Tu pars, adieu, te voilà grande dame!
Tu manqueras sous l'orme où nous dansons,
Sur la rivière où le bruit de la rame
Se mêle à nos chansons.
Du bon vieux roi consolant la folie,
Ne rêve plus aux chants du batelier,
Pour être heureux, que ton cœur les oublie,
Mais sans nous oublier.

ODETTE.

Une si chère souvenance
Ne reviendra que trop m'attrister à la cour;
C'est le mal du pays, et je le sens d'avance.

RAYMOND.

Moins, j'imagine, que l'absence
De certain écuyer qui te parlait d'amour.
Plus de tristesse, enfant; la noce à ton retour!
N'as-tu pas foi dans sa constance?

ODETTE.

Pauvre Charles!

RAYMOND.

Ce nom ne porte plus bonheur.

MARCEL.

C'est celui du Dauphin!

LUDGER.

Du Roi!

RAYMOND.

L'antique honneur
De ce beau nom qu'en pleurant on révère
Pour tous les deux s'est éclipsé.
Cri de joie et d'orgueil, amis, au temps passé,
Il ne rappelle plus que souffrance et misère.

ODETTE.

Malheureux fils, malheureux père!
L'un est proscrit, l'autre insensé.

RAYMOND.

Qu'un beau jour le tocsin vienne à se faire entendre,
Et de leurs ennemis le règne sera court,
(En regardant une épée pendue à la muraille.)
Ma bonne lame d'Azincourt,
Quand donc pourrai-je te reprendre?

ODETTE, bas à Raymond.

Agissez, et ne parlez pas.

RAYMOND.

Eh bien! je me tairai; mais tandis que mon bras
Attend le jour de la vengeance,
Va consoler ton maître, ton parrain,
Ce pauvre fou royal tant aimé de la France.

(Aux paysans.)

Quand de son corps chez nous il traînait la souf-
Odette seule égayait son chagrin ; [france,
N'y pouvant plus venir, il l'attend, il l'appelle,
La veut comme un enfant.

MARCEL.

Vous nous quittez aussi?

RAYMOND.

Les jours me durent tant loin d'elle!
D'ailleurs mon bras se rouille ici.
Devant l'hôtel Saint-Paul je roule ma futaille,
Pour vendre à tout venant mon vin et mes chansons,
En donnant gratis mes leçons
A qui veut s'escrimer et d'estoc et de taille,
Surtout contre l'Anglais!

ODETTE, à Raymond.

Encor!

RAYMOND.

J'y perds ma peine ;
C'est malgré moi.

(On entend le son du cor.)

Quel bruit?

LUDGER.

La reine
Et ce damné Bedfort parcourent nos forêts.
La nuit, ils donnent bal ; le jour, ils sont en chasse ;
Entendez-vous le cor? Tous deux ils font main-basse
Sur le gibier du roi.

RAYMOND.

Comme sur ses sujets.
Que ne puis-je, en chantant d'une voix de tonnerre,
A la face leur jeter
Ce vieux refrain de guerre
Que Charle au temps jadis aimait à répéter!

ODETTE, qui l'arrête.

Toujours!

RAYMOND.

Allons, allons, va te parer, Odette,
Et ma langue sera muette
Si saint Denis veut m'assister.

CHOEUR DES JEUNES FILLES.

Tu pars, adieu! te voilà grande dame, etc., etc.

(Odette sort avec les jeunes filles.)

SCÈNE II.

RAYMOND, LES PAYSANS.

RAYMOND.

Je suis seul, partant libre, et sans que je déplaise
Au plus grand saint du Paradis,
Contre ces étrangers maudits
Je puis m'en donner à mon aise.
Honte et malheur sur eux!

CHOEUR DES PAYSANS.

Oui, malheur!

MARCEL.

Chantez-nous
Cette vieille chanson française ;
Raymond, vous nous connaissez tous.

RAYMOND.

Va pour notre chanson française ;
Au refrain je compte sur vous.

LE CHOEUR.

Chantez donc et comptez sur nous.

RAYMOND.

La France a l'horreur du servage,
Et, si grand que soit le danger,
Plus grand encore est son courage,
Quand il faut chasser l'étranger.
Vienne le jour de délivrance,
Des cœurs ce vieux cri sortira :
Guerre aux tyrans! Jamais en France,
Jamais l'Anglais ne régnera.

LE CHOEUR.

Guerre aux tyrans! Jamais en France, etc., etc.

SCÈNE III.

LES PRÉCÉDENTS, LE DAUPHIN sous l'habit d'un écuyer, puis LIONEL et les ANGLAIS.

LE DAUPHIN.

Courage, amis!

LE CHOEUR.

C'est Charle!

LE DAUPHIN.

Oui, moi-même, et je viens
Entonner avec vous votre chanson guerrière.

RAYMOND.

Quoi, Charles, tu la sais! qui te l'apprit?

LE DAUPHIN.

Mon père;

Voyez tous si je m'en souviens.

Réveille-toi, France opprimée,
On te crut morte et tu dormais;
Un jour voit mourir une armée,
Mais un peuple ne meurt jamais.
Pousse le cri de délivrance,
Et la victoire y répondra:
Guerre aux tyrans! Jamais en France,
Jamais l'Anglais ne régnera.

RAYMOND ET LES PAYSANS.

Guerre aux tyrans! Jamais en France,
Jamais l'Anglais ne régnera.

LIONEL, qui est entré avec des soldats anglais à la fin du chant.

Taisez vous insolents!

CHOEUR DE PAYSANS.

Ce sont eux!

LIONEL, au Dauphin.

Par saint George!
Silence! ou tu meurs de ma main,
Et ce fer, dans ta gorge,
Fait rentrer ton refrain;
Qui l'ose répéter tombe à mes pieds.

LE DAUPHIN.

Je l'ose.

LIONEL.

Toi!

RAYMOND s'élançant vers son épée, qu'il saisit et qu'il tire.

Lui. Ma bonne épée, à moi!
Sors du fourreau pour notre cause.

LIONEL, au Dauphin.

Qui, toi, tu l'oserais?

LE DAUPHIN.

Je l'ose.

RAYMOND.

Chante, et mort au premier qui fait un pas vers toi!

LE DAUPHIN.

En France jamais l'Angleterre
N'aura vaincu pour conquérir;
Ses soldats y couvrent la terre,
La terre doit les y couvrir.

CHOEUR DES ANGLAIS. (ENSEMBLE.)

Arrête, arrête;
Crains pour ta tête,
Qui tombera!

CHOEUR DES PAYSANS.

(Ils se sont fait une arme de tout ce qu'ils ont trouvé sous leur main.)

Non, chante, chante;
Leur épouvante
Les contiendra.

LE DAUPHIN.

Poussons le cri de délivrance,
Et la victoire y répondra:
Guerre aux tyrans; jamais en France,
Jamais l'Anglais ne régnera!

RAYMOND ET LES PAYSANS.

Guerre aux tyrans! Jamais en France,
Jamais l'Anglais ne régnera!

LIONEL ET LES ANGLAIS.

L'Anglais est maître de la France,
L'Anglais en maître y régnera.

CHOEUR DES ANGLAIS. (ENSEMBLE.)

Il savait d'avance
Son sort;
Pour tant d'arrogance,
La mort.

CHOEUR DES PAYSANS.

Ils savaient d'avance
Leur sort;
Celui qui s'avance
Est mort.

CHOEUR GÉNÉRAL des deux partis prêts à se jeter l'un sur l'autre.

Mort et vengeance!
Vengeance et mort!

CHOEUR, en dehors.

La fanfare de chasse
Retentit dans les bois;
La meute est sur la trace;
Le cerf est aux abois.

(Les deux partis s'arrêtent tout-à-coup, en posant les armes.)

LIONEL, qui a couru vers la fenêtre.

Bedfort!

RAYMOND.

La Reine!

LE DAUPHIN, à Raymond.

A ses yeux cachez-moi;
Sans danger je n'y puis paraître.

RAYMOND, au Dauphin, en lui montrant la chambre qui fait face à celle d'Odette.

Là, là, cache-toi là.

(A part, quand le Dauphin est sorti.)

D'où vient donc son effroi?
Comment la Reine et lui peuvent-ils se connaître?

SCÈNE IV.

LA REINE, BEDFORT, ODETTE, RAYMOND, LIONEL, CHEVALIERS ANGLAIS, PAGES, PIQUEURS.

CHOEUR.

La fanfare de chasse
Retentit dans les bois;
La meute est sur la trace,
Le cerf est aux abois.
Vainement par sa fuite,
Il a cru te tromper
Chasseur, à ta poursuite
Il ne peut échapper.

LA REINE, à Bedfort.

Vous approuvez le soin qui sous ce toit m'amène;
Laissez-moi le remplir en me quittant, milord;
Je vous rends au plaisir.

BEDFORT.

Un désir de la Reine
Est un ordre pour Bedfort;
Mais au moins de votre présence
Ce soin ne peut longtemps nous dérober l'honneur?
Fixez un rendez-vous à notre impatience.

LA REINE.

Sous le chêne du grand veneur
Au rendez-vous où le plaisir m'appelle
Je vous suis dans une heure.

BEDFORT.

Et j'y serai fidèle.

(Aux gens de sa suite.)

A cheval, à cheval, chasseur,
Qu'à notre voix le bruit du cor réponde;
De nos limiers que le cri s'y confonde,
A cheval, à cheval, chasseur,
Et rendez-vous pour tout le monde
Sous le chêne du grand veneur!

CHOEUR.

La fanfare de chasse, etc., etc.

(Ils sortent.)

SCÈNE V.

LA REINE, ODETTE, RAYMOND, JEUNES FILLES, PAYSANS.

LA REINE, à Raymond, en montrant Odette.

C'est votre fille?

RAYMOND.

Oui, Reine.

LA REINE, à Odette.

Approchez-vous.

(A Raymond et aux paysans.)

Sortez.

RAYMOND, bas aux paysans. (ENSEMBLE.)

Évitez
Sa présence,
Et sortez
En silence.

LES PAYSANS.

Évitons
Sa présence,
Et sortons
En silence.

SCÈNE VI.

LA REINE, ODETTE.

LA REINE à Odette, qui s'agenouille devant elle.

Votre âge?

ODETTE.

Dix-huit ans.

LA REINE.

Si jeune!

ODETTE.

Dieu parfois
Pour son œuvre ici-bas d'un enfant a fait choix.

LA REINE.

Pourvu qu'aux volontés de ce souverain maître
Il soit docile cet enfant.

ODETTE.

Je le suis.

LA REINE.

Levez-vous et vous allez connaître
Ce que Dieu vous prescrit et ce qu'il vous défend.

DUO.

Respect à ce Roi qui succombe !
L'infortune ajoute à ses droits ;
Elle est, sur le bord de leur tombe,
Un second sacre pour les rois.

ODETTE.

Ma vie à ce Roi qui succombe !
Dans mon cœur sont gravés ses droits ;
Puissé-je arracher à la tombe
Le plus infortuné des rois.

LA REINE.

D'un être aimé tout inquiète :
Ce qu'il fait, je veux le savoir ;
Chaque mot qu'il prononce, Odette,
Me le redire est un devoir.
Dieu le prescrit.

ODETTE.

Je ferai mon devoir.

LA REINE.

Ne permettez pas qu'un fantôme
Se consume en graves projets ;
Parlez-lui peu de son royaume,
Et moins encor de ses sujets.
Dieu le défend.

ODETTE.

Reine, je me soumets.

LA REINE.

Un vain reste d'intelligence
De ses maux aigrit le poison ;
Égayez plutôt sa démence
Que de rappeler sa raison.
Dieu le prescrit.

ODETTE.

Et j'obéis d'avance.

LA REINE.

Qu'il oublie enfin quand je veux,
Et quand je veux, qu'il se souvienne,
En esclave qu'il m'appartienne :
Plus libre, il serait malheureux.
Dieu le défend.

ODETTE.

Reine, qu'il soit heureux,

LA REINE.

Respect à ce Roi qui succombe, etc.

ODETTE.

Ma vie à ce Roi qui succombe, etc.

ENSEMBLE.

LA REINE.

Mais que vois-je ? ô ciel ! cette chaîne,
Ces fleurs-de-lis d'azur et d'or,
De qui les tenez-vous ?

ODETTE.

Moi, reine ?

LA REINE.

Qui vous fit don de ce trésor ?
Le Roi ?

ODETTE.

Non.

LA REINE.

Qui donc ?

ODETTE.

Un jeune homme.

LA REINE.

Un amant ?

ODETTE.

Bientôt un époux.

LA REINE.

Son âge ?

ODETTE.

Le mien.

LA REINE.

Il se nomme ?

ODETTE.

Charle.

LA REINE.

En quel lieu le voyez-vous ?

ODETTE.

Ici.

LA REINE.

Vient-il ce soir ?

ODETTE.

Peut-être.

LA REINE.

Il faut l'y retenir.

ODETTE.

Pourquoi ?

LA REINE.

Pour le livrer.

ODETTE.

Lui?

LA REINE.

C'est un traître.

ODETTE.

Lui!

LA REINE.

C'est un ennemi du Roi.

ENSEMBLE.

LA REINE.

Le sort me l'abandonne
Ce proscrit détesté;
Aux Anglais la couronne,
A moi la royauté!

ODETTE.

Moi, que je l'abandonne
A son bras irrité!
Quel devoir me l'ordonne?
L'a-t-il donc mérité?

ODETTE.

Et sans mourir j'ai pu l'entendre!

LA REINE, à part.

Courons où Bedfort doit m'attendre.
(A Odette.)
Adieu, je pars, adieu;
Obéissez, et Dieu
Le livre en ma puissance.

ODETTE.

Le livrer à vos coups!
De mon obéissance
Reine, qu'exigez-vous?

LA REINE.

Obéissez! Dieu vous l'ordonne.

ENSEMBLE.

LA REINE.

Le sort me l'abandonne
Ce proscrit détesté;
Aux Anglais la couronne,
A moi la royauté!

ODETTE.

Eh bien! je l'abandonne
A ce bras irrité;
Traître envers la couronne,
Il l'a trop mérité.

(La Reine sort.)

SCÈNE VII.

ODETTE, seule.

Quoi! lui que j'aimais, lui que j'aime!
Il trahit son Roi! S'il l'a fait,
Au glaive il s'est livré lui-même;
Point de pitié pour son forfait.
(En tombant assise.)
Ah! qu'il ne vienne pas!

SCÈNE VIII.

ODETTE, LE DAUPHIN.

LE DAUPHIN, à part.

Approchons; qu'elle est belle!
Ou ce soir, ou jamais.
(Haut.)
Odette!

ODETTE.

Qui m'appelle?

LE DAUPHIN.

Moi.

ODETTE.

C'est vous, grand Dieu!

LE DAUPHIN, lui prenant la main.

Quel effroi
Vous inspire un amant fidèle?
Que pouvez-vous craindre de moi?

ODETTE, qui s'éloigne en retirant sa main.

Laissez-moi, Charle, laissez-moi.

DUO.

LE DAUPHIN.

Gentille Odette, eh quoi! la peur t'agite!
D'où vient ce trouble à mon retour?
Que sur le mien ton cœur tremblant palpite,
Il ne battra plus que d'amour.

ODETTE.

Vous causez seul le trouble qui l'agite;
Ce cœur maudit votre retour.
Pourquoi faut-il que de crainte il palpite
Quand il devrait battre d'amour?

Je vous connais!

LE DAUPHIN.

Est-il possible?

ODETTE

C'est donc vrai?

LE DAUPHIN.

Pardonne-moi!

ODETTE.

Non.

LE DAUPHIN.

A mon repentir sois sensible.

ODETTE.

Pour un traître point de pardon!

LE DAUPHIN, la poursuivant.

Viens dans mes bras, toi que j'adore.

ODETTE, qui l'évite.

Non.

LE DAUPHIN.

Je t'arracherai le pardon que j'implore.

ODETTE.

Je veux vous fuir; je pars.

LE DAUPHIN.

Toi, partir!

ODETTE.

Je le doi.. ..
Il m'attend.

LE DAUPHIN.

Qui?

ODETTE.

Celui que je révère,
Que je vais consoler dans sa noble misère.

LE DAUPHIN.

Pour t'arracher à moi quel est-il donc?

ODETTE.

Le Roi!

LE DAUPHIN, qui recule et tombe un genou en terre.

En respect mon amour se change :
Reste pure, Odette, et sois l'ange
De tes rois et de ton pays!
Pour eux c'est en toi que j'espère;
L'ange qui va sauver le père
Sera respecté par le fils.

ODETTE.

Son fils, que dites-vous? son fils!

LE DAUPHIN, en se relevant.

Je le suis.

ODETTE.

Le Dauphin de France!

LE DAUPHIN.

C'est moi.

ODETTE.

Vous mon maître et seigneur, [rance
C'est vous!... Ah! pauvre fille, et dans mon igno-
J'aimais... Pour mon amour il n'est plus d'espérance.

(Elle cache sa tête dans ses mains pour étouffer ses sanglots.)

LE DAUPHIN.

En renonçant à mon bonheur,
Je t'aimerai sans espérance.

ODETTE.

Non, je n'ai rien dit; oubliez
Un transport douloureux que je n'ai pu contraindre;
Le dernier cri d'un cœur où l'amour doit s'éteindre
Vient de s'exhaler à vos pieds.

(Elle s'incline.)

En respect cet amour se change,
O mon Dieu, fais que je sois l'ange
De mes rois et de mon pays.
Fais, Dieu puissant en qui j'espère,
Que par les bras mourants du père
Je voie un jour bénir le fils.

ENSEMBLE.

LE DAUPHIN.

Dieu, mets un terme à tant de maux;
Fais que cet ange en qui j'espère
Rende la vie à mon vieux père,
Et la victoire à nos drapeaux.

ODETTE.

Dieu, mets un terme à tant de maux;
Que ton pouvoir en qui j'espère
Rende la vie à son vieux père,
Et la victoire à nos drapeaux.

ODETTE.

Mais l'étranger chante victoire;
Prince, à quoi perdez-vous vos jours?

LE DAUPHIN.

Ta voix me réveille, et la gloire
Avec toi sera mes amours.

ODETTE.

N'aimez qu'elle, ô mon maître!

LE DAUPHIN.

On m'a dit qu'une
A mes côtés lèverait l'oriflamme, [femme
Et qu'alors je vaincrais toujours.

ODETTE.

Hé bien! je serai cette femme!

LE DAUPHIN.

Quel qu'en soit le danger pour moi,
Je veux revoir mon père.

ODETTE.

A Paris?

LE DAUPHIN.

L'entreprise
Réussira.

ODETTE.

Comment?

LE DAUPHIN.

Par toi.

ODETTE.

C'est mon vœu.

LE DAUPHIN.

Si je puis reconquérir le roi,
La France est reconquise.

ENSEMBLE.

LE DAUPHIN.

Dieu, mets un terme à tant de maux;
Fais que cet ange en qui j'espère
Rende la vie à mon vieux père,
Et la victoire à nos drapeaux.

ODETTE.

Dieu, mets un terme à tant de maux;
Que ton pouvoir en qui j'espère
Rende la vie à son vieux père,
Et la victoire à nos drapeaux.

(On entend le bruit du cor dans le lointain.)

ODETTE.

Écoutez... malheureuse! ah! c'est moi qui vous [livre.

LE DAUPHIN.

À qui donc?

ODETTE.

Aux Anglais.

LE DAUPHIN.

Que dis-tu?

ODETTE.

Les voici.

LE DAUPHIN.

Plutôt cesser de vivre
Que dans leurs mains tomber ici.

ODETTE.

Ne sortez pas.

LE DAUPHIN.

La nuit est sombre,
Et ces bois pourront me cacher.

ODETTE.

Non, j'entends des chevaux le galop s'approcher;
Et le cor de plus près a retenti dans l'ombre.

LE DAUPHIN, s'élançant vers la porte.

Je veux...

ODETTE, qui se jette au-devant de lui.

Si vous sortez, croyez-en ma terreur,
Vous êtes mort...

LE DAUPHIN.

Qu'importe?

ODETTE.

Ou captif.

LE DAUPHIN.

O fureur!
Quoi, plus d'espoir!

ODETTE.

Un seul peut-être.

LE DAUPHIN.

Lequel?

ODETTE.

Oui, par cette fenêtre
Qui domine les eaux, vous leur échapperez.

LE DAUPHIN.

Mon salut sera ton ouvrage.

ODETTE.

Fixez bien cette écharpe où vous vous suspendrez.

LE DAUPHIN.

Ne crains rien.

ODETTE.

Pour vos jours sacrés
Je crains tout.

LE DAUPHIN.

Votre barque?...

ODETTE.

Attend près du rivage

LE DAUPHIN.

Que Dieu
Veille sur ton innocence,
Ma seconde providence
Adieu!

ODETTE.

Il fuit, l'onde l'emporte.

LE DAUPHIN, en dehors.

Adieu!

ODETTE, à genoux, et avec un transport de joie.

Que Dieu
Vous dérobe à leur vengeance
Du trône auguste espérance,
Adieu!

(La porte s'ouvre, Bedfort et les Anglais se précipitent sur la scène. La toile tombe.)

ACTE DEUXIÈME.

Un salon éblouissant de lumières à l'hôtel Saint-Paul. Isabelle de Bavière, Bedfort et la cour sont assis. Un orchestre est disposé sur un des côtés du théâtre. Des chanteurs et des chanteuses, leur papier à la main, viennent d'exécuter un morceau que l'orchestre achève. On se lève pour les féliciter.

SCÈNE I.

ISABELLE DE BAVIÈRE, LE DUC DE BEDFORT, SEIGNEURS ANGLAIS ET FRANÇAIS, DAMES DE LA COUR, CHANTEURS, CHANTEUSES, ETC., ETC.

CHOEUR.

Gloire au maître, gloire aux chanteurs !
Art divin ! céleste harmonie !
A des accords plus enchanteurs
Jamais la voix ne s'est unie.

ISABELLE, bas à Bedfort.

Mylord, lisez cet acte entre nous arrêté.
A votre jeune maître il transmet la couronne
D'un fils ingrat, pour lui déshérité.

BEDFORT, de même à Isabelle.

Les droits qu'il nous transmet, c'est à vous qu'il les donne ;
A vous le pouvoir tout entier !

ISABELLE, aux musiciens.

Vous vous taisez, on vous écoute encore ;
Chantez la villanelle où notre Alain Chartier
Compare l'enfance à l'aurore.

LE CHOEUR.

Silence ! ils vont chanter encore.

VILLANELLE.

Quand le soleil
Montre en riant
Son front vermeil
A l'orient,

Les champs, les cieux
Lui font accueil,
Et tout joyeux
Quittent leur deuil ;

Tiède frisson
Passe dans l'air ;
Chaque buisson
Chante son air ;

Et jour qui luit
Rit sur les fleurs,
Où de la nuit
Brillent les pleurs.

La joie ainsi
Va triomphant
Du noir souci
Chez un enfant.

Aube d'été
Moins a d'attrait
Que sa gaîté
Qui reparaît ;

Du mal passé
Ne se souvient ;
Ombre a cessé
Et jour revient ;

Comme les fleurs
L'enfant joyeux
Rit, quand les pleurs
Sont dans ses yeux.

ISABELLE.

Les doux sons ! l'aimable peinture !
Vos accents m'ont ravie.

(Bas à Bedfort.)

Hé bien ?

BEDFORT.

A cet acte il ne manque rien
Qu'une royale signature.

ISABELLE.

Il signera ce soir.

BEDFORT.

Acte équitable, humain !
Le royaume par vous redeviendra tranquille ;
Et, la couronne au front, le prince anglais, demain,
Entrera dans sa bonne ville.

ISABELLE.

Oui, dès demain.

BEDFORT, haut.

Cédez, Reine, au désir de tous :
Daignez aussi vous faire entendre.

ISABELLE.

Vous le voulez? Comment nous en défendre?
Nos hôtes bien-aimés ont tout pouvoir sur nous.
(Elle prend un papier de musique et chante.)
L'aube de notre jeune âge
Ressemble à celle du jour;
Chagrins d'enfance et d'amour
Se ressemblent davantage.

L'amant loin de son doux bien,
Tombe en tristesse profonde:
Pour lui rien n'est plus au monde
Plus n'est rien.
Sa peine est si douloureuse
Que mourir on le verrait,
Si d'une peine amoureuse
On mourait.

L'aube de notre jeune âge, etc., etc.

Mais de son mal il guérit
Sitôt que revient sa Reine;
Il la voit sourire à peine
Qu'il sourit.
Un si doux transport l'oppresse
Que mourir on le verrait,
Si d'une amoureuse ivresse
On mourait.

L'aube de notre jeune âge, etc., etc.

CHOEUR.

Pour charmer les sens et les cœurs
Par une céleste harmonie,
Jamais à des sons enchanteurs
Voix plus pure ne s'est unie.

ISABELLE.

Au concert succède le bal;
Entre mille beautés choisissez la plus belle,
Chevaliers, cet heureux signal
Ouvre aux plaisirs une lice nouvelle.

BALLET.

(On exécute plusieurs danses du temps; les trois portes du fond s'ouvrent, et l'on voit une table servie avec une splendeur royale. Un maître de cérémonies s'avance; la Reine se lève, présente la main à Bedfort, et s'adressant aux seigneurs qui l'environnent.)
Mylords, messieurs, le banquet nous attend.

CHOEUR.

Nuit charmante, où d'ivresse
On change à chaque instant!
Sitôt qu'un plaisir cesse
Un autre nous attend.

(Tous les convives entrent dans la salle du banquet; les trois portes se referment, et le salon de bal reste désert.)

SCÈNE II.

CHARLES VI. (Il s'avance à pas lents, les cheveux et les vêtements en désordre.)
J'ai faim!... Que font-ils donc? tout le monde m'oublie?
Odette aussi! D'où vient que le bruit a cessé?
Ils ont craint ma raison; mais plus je suis sensé,
Plus j'ai pitié de la folie.
J'ai chanté comme eux, j'ai dansé,
(Regardant autour de lui.)
Ici, dans ce salon, ici même...
(S'arrêtant devant un portrait de la Reine.)
avec elle,
Qui belle et tendre alors...
(Détournant la tête tristement.)
Elle n'est plus que belle.
Je ris, car ce soir-là, je me faisais un jeu
D'intriguer mainte damoiselle
Que mon masque effrayait un peu...
(Avec épouvante, en s'enfuyant.)
Au feu! sauvez le Roi! le Roi se meurt; au feu!
Un réseau de feu l'environne!
(Il s'arrête.)
Rien, non, rien! quel danger cause donc votre effroi?
Pourquoi ce cri: sauvez le Roi!
Ici qui donc est roi? personne...
Aujourd'hui; mais alors... Je cherche et je ne puis
Me rappeler celui qui portait la couronne;
Je l'ai connu pourtant... il sera mort depuis.

C'est grand'pitié que ce Roi, que leur père,
Leur bien-aimé, soit mort si promptement.
Les malheureux riaient en le nommant,
Car sa bonté consolait leur misère.
Ah! s'il vivait, j'irais dire à ce Roi:
Je souffre aussi; prenez pitié de moi.

CHOEUR, en dehors.

Plus de haine! plus de guerre!
Rivaux pour toujours amis,
Buvons, buvons à plein verre
Au bonheur des deux pays.

CHARLES.

Quel bruit!
(Il se dirige vers la salle du banquet, et s'arrête.)
Mais non, je n'ose: elle est là, cette Reine,
Son regard tue: un jour que fixé sur le mien
Il me perçait le cœur, je suis mort de ma peine;
Ce Roi, c'était moi-même, oui, moi, je m'en souviens.

Quand vous verrez la tombe où je sommeille,
Priez, passants, priez et parlez bas!
On dit toujours: les morts ne souffrent pas.
Je souffre moi, sitôt qu'un bruit m'éveille.
Vous qui m'aimiez au temps où j'étais roi,
Je souffre encor: passants, priez pour moi.
(Il tombe assis, et, les coudes appuyés sur la table, il se met à pleurer en cachant sa tête dans ses mains.)

CHOEUR, en dehors.

Plus de haine ! plus de guerre !
Rivaux, pour toujours amis,
Buvons, buvons à plein verre
Au bonheur des deux pays.

SCÈNE III.

CHARLES, ODETTE.

ODETTE, à part.

C'est lui !... toujours pleurant !... mais sa douleur
En m'écoutant s'adoucira, [amère
S'il comprend que demain, au jardin de mon père,
Le Dauphin que je quitte en secret l'attendra.
(Au Roi.)
Sire !.. Il ne m'entend point.. Sire, c'est votre Odette,
Parlez-lui.

CHARLES.

La tombe est muette.
Les morts ne parlent pas.

ODETTE, qui s'approche et place sa main sur le cœur du Roi.

Ce cœur bat, il regrette
Quelqu'un que vous aimez.

CHARLES.

Non, les morts n'aiment [rien.

ODETTE.

Votre jeune et vaillant soutien,
Qui vous chérit plus que lui-même.

CHARLES.

Les morts, personne ne les aime.
Quelques larmes sur eux ! et puis dormez en paix !
Et puis l'oubli.

ODETTE.

Ne pourrai-je jamais
Écarter cette idée ?
(A Charles.)
Ah ! qu'un ciel sans nuage
Pour les regards est doux ! et quelle volupté
De se ranimer sous l'ombrage
A l'air pur de la liberté !

L'automne s'envole si vite !
Demain, nous irons, au réveil,
Voir sa dernière marguerite
Fleurir sous son dernier soleil.

CHARLES, en souriant.

L'automne s'envole si vite !
Demain, nous irons, au réveil,
Voir sa dernière marguerite
Fleurir....
(Retombant dans sa tristesse.)
Mais pour les morts il n'est fleur ni soleil.

ODETTE, à part.

Comment donc l'arracher à ce morne sommeil ?
(Apercevant des cartes sur la table.)
O bonheur !
(A Charles.)
Regardez.

CHARLES, se levant.

Des cartes ! ce sont elles,
Les miennes....

ODETTE.

Il renaît.

CHARLES.

Que de ses mains cruelles,
La Reine vint m'ôter quand je désobéis.

ODETTE.

Le Dauphin, s'il l'eût vu, ne l'aurait pas permis.

CHARLES, en s'adressant aux cartes.

Hector ! Ogier ! mes féaux, mes fidèles,
Votre Roi vous retrouve enfin :
Aux armes pour sa cause !

ODETTE.

Imitez le Dauphin.

CHARLES.

Frappez et d'estoc et de taille !
(Divisant les cartes en deux parties.)
Pour nos soldats le rouge, et le noir pour les leurs.
(A Odette.)
Joue avec moi.

ODETTE, à part.

D'abord il faut sécher ses pleurs ;
Plus tard, il m'entendra.

CHARLES, qui présente à Odette la moitié des cartes.

Bataille !

ODETTE.

Eh bien, bataille !

DUO.

ODETTE.

A la victoire où nous courons
Je guide à travers la poussière
Des Anglais les noirs escadrons :
Sonnez clairons !

CHARLES.

Moi, les Français, comme aux beaux jours
Où de leur sanglante bannière
Les couleurs triomphaient toujours.
Battez tambours !

ODETTE, posant une carte sur la table.

Ogier !

CHARLES, qui prend.

Judith est la plus forte.

ODETTE.

Un dix !

CHARLES.

Un as !

ODETTE.

J'ai du malheur.

CHARLES, radieux.

Un contre dix, et je l'emporte !

ODETTE.

Le nombre cède à la valeur.

CHARLES.

Jette un guerrier dans la carrière.

ODETTE.

David !

CHARLES.

Il a le sort d'Ogier :
Pris !

ODETTE.

Votre fureur meurtrière
Aux miens ne fait aucun quartier.

CHARLES.

Il faut qu'en pièces je les taille.

ODETTE.

Encore à vous !

CHARLES.

Toujours à moi !

ODETTE.

Non pas !

CHARLES.

C'est vrai : roi contre roi !

ODETTE.

Bataille, sire !

CHARLES.

Eh bien, bataille !

CHARLES.

Voici le plus beau de mes jours :
Encore un effort héroïque,
Ils sont écrasés pour toujours.
Battez tambours !

ODETTE, montrant la dernière carte qui lui reste.

Voici de mes noirs escadrons,
Contre vous l'espérance unique ;
Mais, un effort, et nous vaincrons.
Sonnez clairons !
(Elle abat sa carte.)
Argine.

CHARLES, reculant.

J'ai peur !

ODETTE.

Vous ? Jamais !

CHARLES, à voix basse.

De la Reine, Argine est l'image :
Je l'ai mise avec les Anglais.

ODETTE.

Eh bien !

CHARLES.

Son aspect me présage
Qu'un malheur va fondre sur moi.

ODETTE.

Jouez.

CHARLES.

Je n'ose plus.

ODETTE.

Courage !

CHARLES.

Pour vaincre il me faudrait un roi.

ODETTE.

De votre peur l'Anglais se raille.

CHARLES, lui montrant sa carte qu'il ne voit que par derrière.

Je crains de regarder ; mais toi,
Regarde.

ODETTE.

Charlemagne !

CHARLES, qui se lève triomphant.

A moi !
A moi ! j'ai gagné la bataille !

CHARLES.

Loin de nous l'étranger !
Vieillards, séchez vos larmes :
D'Azincourt, par mes armes,
Je viens de vous venger.
Victoire à nous ! victoire !
Couronnons notre gloire
En chassant l'étranger !

ENSEMBLE.

ODETTE.

Il voit fuir l'étranger ;
Si ce n'est qu'un mensonge,
Heureux, du moins en songe
Il a cru nous venger.
Puisse une autre victoire
Couvrir son front de gloire
En chassant l'étranger !

SCÈNE IV.

LES PRÉCÉDENTS, ISABELLE DE BAVIÈRE, LE DUC DE BEDFORT.

(Ils entrent et s'arrêtent au fond.)

ISABELLE.

Le Roi !

BEDFORT.

Lui-même !

ODETTE, les apercevant.

O ciel !

CHARLES, parcourant la scène à grands pas.

Vieillards, séchez vos larmes,
D'Azincourt, par mes armes,
Je viens de vous venger.

ISABELLE.

Sur qui donc? Qu'avez-vous, et que voulez-vous dire?
En face regardez-moi, sire.

CHARLES, dont la voix baisse par degrés et s'éteint sous le regard de la Reine.)

Loin de nous l'étranger !
Victoire à nous, victoire !
Couronnons notre gloire
En chassant....

ISABELLE, à Odette.

Laissez-nous.

BEDFORT, bas à Isabelle.

N'hésitez plus, qu'il signe, et la France est à vous.

(Le Roi s'avance pour aller prendre le bras d'Odette; Isabelle l'arrête, et d'un geste elle ordonne à Odette de s'éloigner.)

SCÈNE V.

ISABELLE, CHARLES, BEDFORT.

CHARLES.

Odette !

ISABELLE.

Il faut m'entendre au nom de votre gloire :
Vous êtes roi.

BEDFORT.

Vainqueur.

ISABELLE.

Eh bien ! signez la paix
Qui délivre la France.

BEDFORT.

Et la sauve à jamais.

CHARLES prend la plume que lui présente la Reine, et la laisse échapper.

Odette !

ISABELLE, lui saisissant le bras avec un mouvement d'impatience.

Signez donc.

CHARLES, qui relève fièrement la tête.

Madame !

BEDFORT, à Isabelle.

Prenez garde !
Je vois dans son œil irrité
Luire un éclair de royauté,
Et c'est en roi qu'il vous regarde.

ISABELLE.

Ne pourrai-je donc pas vaincre sa volonté!

(Bas à Bedfort.)

Sa colère se calme.

CHARLES.

Ah! qu'un ciel sans nuage
Pour les regards est doux, et quelle volupté
De se ranimer sous l'ombrage
A l'air pur de la liberté!

ISABELLE.

Vous le pourrez demain.

CHARLES.

Je veux revoir Odette,
Ma consolation, mon guide, mon appui !
Je veux.... je veux jouer. D'où vient qu'elle m'a fui?

(Il se lève en écartant la Reine, qui l'arrête.)

Laissez-moi.

ISABELLE.

C'est à tort que le Roi s'inquiète

Son Odette, on la lui rendra,
(Passant rapidement près de la table et s'emparant des cartes.)
Et ses cartes aussi.

CHARLES, vivement.

Quand?

ISABELLE.

Quand il signera.

CHARLES.

Ne faut-il que mon nom? Eh bien, sans résistance
Je vous le donne; à ce traité,
Quel qu'il soit, je souscris d'avance;
Tout pour Odette et pour la liberté!

(Il signe; Isabelle fait un geste; toute la cour rentre par les trois portes du fond, et Odette par une porte latérale.)

SCÈNE VI.

LES PRÉCÉDENTS, ODETTE, TOUTE LA COUR.

(Charles, à qui on a rendu ses cartes, joue sur une table.)

ISABELLE. (l'assure;

La paix, messieurs, la paix! ce grand jour vous
Le Roi, que désormais deux peuples vont bénir,
Vient de donner sa signature
A l'acte qui doit les unir.

ODETTE.

Est-il possible?

ISABELLE.

Écoutez tous.

LE CHŒUR.

Silence!

BEDFORT, lisant.

Est à jamais déchu des droits de sa naissance,
Charle, autrefois dauphin, contre nous révolté,
Et le jeune Lancastre est par nous adopté....

ODETTE, à part.

O ciel!

BEDFORT.

Pour successeur, pour fils, pour roi de France!

LE CHŒUR.

Paix durable! sainte alliance!

BEDFORT ET ISABELLE, à

Déshérité!

CHARLES, qui vient d'arranger le jeu et le présente en riant à Odette.

Je coupe.... à toi!...

ODETTE, avec désespoir, en laissant tomber les cartes.

Déshérité!

ACTE TROISIÈME.

Une tente devant la maison de Raymond.

SCÈNE I.

LE DAUPHIN, RAYMOND.

CHŒUR D'ÉTUDIANTS, hors de la scène, dans la maison de Raymond.

Chantons, verre en main, chantons,
Camarades,
C'est à lui que nous portons
Nos rasades!
A lui que nous chérissons
Notre sang dans les batailles,
Comme à lui sur ces futailles
Nos chansons!

LE DAUPHIN.

L'espoir de l'embrasser remplit mes yeux de larmes.

RAYMOND.

Il va venir.

LES ÉTUDIANTS, en dehors.

Du vin, du vin!

RAYMOND.

Ces jeunes fous, (mes;
Ils vous aiment, pour eux les dangers ont des char-
Je veux, sans vous nommer, vous les amener tous,
En m'assurant d'abord, que, sur un mot de vous,
Nous les verrons courir aux armes.

(Il rentre dans sa maison.)

SCÈNE II.

LE DAUPHIN, seul.

Les joyeux écoliers!... Pourtant combien d'entr'eux
Tomberont avant l'âge, abattus par la guerre,
Sans que leur mère en deuil vienne fouler la terre
Où dormiront leurs restes généreux.
Leur mère!... Hélas! ils en ont une;

La mienne aux oppresseurs vend mes droits et mon sang;
Mais un être adoré qui protège l'absent,
Odette, auprès du roi veille sur ma fortune.
Conduit par elle, il va venir.
Au-devant de ses pas en espoir je m'élance,
Et sens mon front d'avance
Se courber sous ses bras levés pour me bénir.

A mon cœur que le sien réponde,
Dans ses bras qu'il me presse enfin;
Il ne sera plus seul au monde,
Je ne serai plus orphelin.

Mais s'il le méconnait, ce proscrit qu'il opprime!...
Ah! je veux sur les siens lever des yeux si doux,
Qu'au feu de leurs regards sa raison se ranime
Quand j'embrasserai ses genoux.
Ce cœur flétri par la tristesse,
A l'amour paternel s'il a pu se fermer,
Je veux, à force de tendresse,
Lui rendre le pouvoir d'aimer.

A mon cœur je veux qu'il réponde.
Il s'ouvre, il me comprend enfin;
Mon père n'est plus seul au monde,
Et je ne suis plus orphelin.

SCÈNE III.

LE DAUPHIN, RAYMOND, LES ÉTUDIANTS.

PLUSIEURS ÉTUDIANTS.

Un ami du Dauphin! Sois notre chef, mon brave;
C'est le désir de tous.

LE DAUPHIN.

Pour tous, même destin!
Plutôt mourir que d'être esclave.

TOUS LES ÉTUDIANTS.

Vive le parti du Dauphin!

UN DES ÉTUDIANTS, frappant sur l'épaule du prince.

Tu n'en changeras pas.

RAYMOND.

Vrai Dieu! dès l'origine
Il en était, et j'imagine
Qu'il en sera jusqu'à la fin.

TOUS LES ÉTUDIANTS.

Une rasade encore au succès du Dauphin.

LE DAUPHIN, élevant son verre.

A toi, France chérie!
Mourir pour la patrie,
C'est changer notre vie
En immortalité.

TOUS LES ÉTUDIANTS AINSI QUE LE DAUPHIN.

A toi, France chérie!
France, ta voix nous crie:
Sauvez votre patrie
Et votre liberté.

RAYMOND.

Le Roi!

LES ÉTUDIANTS.

Le Roi!

(Le Dauphin se perd dans la foule et entre dans la maison de Raymond.)

SCÈNE IV.

LES PRÉCÉDENTS, excepté LE DAUPHIN, CHARLES VI, ODETTE, BOURGEOIS, PEUPLE.

(Le Roi arrive, appuyé sur le bras d'Odette; des bourgeois l'environnent; il est précédé par des jeunes filles qui jettent des fleurs sur son passage; tout le monde s'incline.)

CHOEUR.

Grand Dieu, qui rends à la nature
Ses fleurs, ses fruits et sa verdure,
Que ta bonté,
Sur ce front pâle de souffrance,
Fasse refleurir l'espérance,
Et la santé.

CHARLES.

Grand merci, mes enfants!

(A Odette, qui le conduit près d'une table, et le fait asseoir.)

Un repas préparé!

ODETTE.

Pour vous.

UN DES BOURGEOIS. (Il vient se mettre à genoux et pose un plat sur la table.)

Sire, acceptez, c'est offert par ma fille.

UN AUTRE.

Sire, touchez ce vase; il nous sera sacré
Dans tous nos grands jours de famille.

CHARLES.

Odette, chez le pauvre il me fallait venir
Pour qu'on eût de moi souvenir.
Où suis-je ici?

ODETTE.

Chez mon père.

CHARLES.

Il s'appelle?

ODETTE.

Raymond.

CHARLES, qui cherche dans sa mémoire.

Raymond!

RAYMOND.

Oui, sire, un vieux soldat...

ODETTE.

Qui fut blessé dans un combat,
En vous sauvant la vie.

CHARLES.

Et pour prix de ton zèle,
Tu n'as rien obtenu?

RAYMOND.

Si fait ; un bel emploi
Grâce à votre bonté.

CHARLES.

Qu'ai-je donc fait pour toi ?

ODETTE.

Hier, il fut nommé par le meilleur des maîtres,
Par vous....

CHARLES, vivement.

Et par la Reine ?

ODETTE.

Oui ; gardien des caveaux
Où dorment les rois vos ancêtres :
Il veillera sur leurs tombeaux.

CHARLES, avec tristesse.

Et sur le mien aussi.

ODETTE.

Vous régnez.

CHARLES.

Qu'il y veille :
Je souffre, hélas ! sitôt qu'un bruit m'éveille ;
Tu leur diras, en gardant ton vieux Roi,
De parler bas, et de prier pour moi !

(Sa tête retombe sur sa poitrine, et il reste absorbé dans une mélancolie profonde. Odette fait signe aux bourgeois et au peuple de respecter la rêverie du Roi et de se retirer.)

CHŒUR, à voix [illegible]e.

Grand Dieu [illegible] rends à la nature
Ses fleurs, ses fruits et sa verdure,
Que ta bonté,
Sur ce front pâle de souffrance,
Fasse refleurir l'espérance
Et la santé.

ODETTE, bas à Raymond pendant qu'ils se retirent.

Qu'il vienne !

RAYMOND.

Que peut sa présence
Sur ce fantôme inanimé ?

ODETTE.

Laissons faire le ciel !

(Raymond sort.)

SCÈNE V.

CHARLES, ODETTE.

CHARLES.

Où sont-ils ?.... Quel silence !
De personne un Roi n'est aimé :
Regarde comme on m'abandonne !

ODETTE.

Pensez à cet enfant qui dans vos bras jadis
Jouait avec votre couronne ;
Et vous ne direz plus, en pensant à ce fils :
Je ne suis aimé de personne.

CHARLES.

Un fils ! un fils ! doux nom qui charme les douleurs !

ODETTE.

Non, vous ne direz plus inondé de ses pleurs :
Je ne suis aimé de personne.

SCÈNE VI.

LES PRÉCÉDENTS, LE DAUPHIN.

TRIO.

ODETTE, en montrant le Dauphin.

Un infortuné, qu'à vingt ans
Poursuit une injuste colère,
Tend vers vous ses bras suppliants ;
Prenez pitié de sa misère.

LE DAUPHIN.

Courbé devant vos cheveux blancs,
C'est un fils qui, dans sa misère,
Tend vers vous ses bras suppliants ;
Me reconnaissez-vous, mon père ?

CHARLES.

Je suis roi, j'ai des cheveux blancs ;
Il a raison de me nommer son père :
Tous mes sujets sont mes enfants.

ODETTE.

Mais, lui, c'est le Dauphin !

LE DAUPHIN.

Je suis Charles de France.

CHARLES.

Pauvre jeune homme, avec cet air si doux,
Se peut-il qu'il soit en démence ?
C'est moi qui suis Charles de France.

ODETTE.

Hélas !

CHARLES.

De moi que voulez-vous ?

LE DAUPHIN.

Je n'ai plus d'espoir.

CHARLES.

A votre âge !
Contez-moi vos malheurs.

LE DAUPHIN.

Ma mère m'a chassé.

CHARLES.

La cruelle !

ODETTE.

Et son héritage
Aux étrangers, il a passé.

CHARLES.

Votre père est donc mort ?

LE DAUPHIN.

Non.

CHARLES.

Il vous abandonne!
Plus coupable qu'elle...

LE DAUPHIN.

Arrêtez!
On le trompe, et je lui pardonne.

CHARLES.

Son cœur vous reviendra, car vous le méritez.
(A Odette.)
Ah! que n'est-il mon fils?

ODETTE.

Mais il l'est.

CHARLES, avec émotion.

Lui!

ODETTE, à part.

J'espère.

CHARLES.

Lui!

LE DAUPHIN.

Votre fils vers vous tend ses bras suppliants.

CHARLES.

Il a dit vrai, je suis son père!...

ODETTE ET LE DAUPHIN.

Sois béni, Dieu puissant!

CHARLES.

Oui, je suis votre père...
Tous mes sujets sont mes enfants.

ENSEMBLE.

LE DAUPHIN.

O douleur! mon courage expire;
Sans perdre sur moi tout empire,
Puis-je encor l'entendre et le voir?
Puis-je, quand le bonheur m'oppresse,
Passer de ce comble d'ivresse
A cet excès de désespoir!

CHARLES.

O bonheur! je cède à l'empire
Des doux sentiments qu'il m'inspire;
Sur mon cœur d'où vient son pouvoir?
Je m'attendris à sa tristesse,
Et le charme de ma vieillesse
Serait de lui rendre l'espoir.

ODETTE.

O douleur! son courage expire;
Sans perdre sur lui tout empire,
Peut-il et l'entendre et le voir?
Peut-il, quand le bonheur l'oppresse,
Passer de ce comble d'ivresse
A cet excès de désespoir!

LE DAUPHIN, avec découragement, à Odette.

Adieu!

ODETTE.

Restez.

CHARLES, à Odette.

Je ne veux pas qu'il pleure.

ODETTE.

Loin de vous il va s'exiler.

CHARLES.

Que puis-je pour le consoler?

ODETTE.

L'embrasser.

LE DAUPHIN.

Me bénir; et, lorsque viendra l'heure
Où pour vous je dois m'immoler,
Qu'au moins par vous béni je meure.
(Tombant à ses genoux.)
Je sens mes genoux défaillir.

ODETTE.

Abaissez sur son front votre main paternelle.
(Le Dauphin saisit la main du Roi, qu'il baise avec transport.)

CHARLES.

Où suis-je?... doux baiser!... il me fait tressaillir;
Et mon âme se renouvelle.

ODETTE, qui passe les bras du Roi autour du cou du prince.

Ah, regardez-le bien!

CHARLES.

Attends... je me rappelle...
J'avais un fils que j'ai perdu;
(Écartant les cheveux du Dauphin.)
Ces traits étaient les siens.

ODETTE.

Oui, les siens.

CHARLES.

Qu'il me parle
Dieu, si c'était sa voix!

LE DAUPHIN.

Mon père!

CHARLES.

Encore, ah, parle!

LE DAUPHIN.

Mon père!

CHARLES.

C'est bien lui! sa voix m'a répondu...

LE DAUPHIN.

Mon père!

CHARLES.

C'est mon fils, mon bien-aimé, mon Charle;
O mon Charle, tu m'es rendu!

ENSEMBLE.

CHARLES.

Quel jour nouveau m'éclaire !
Une main tutélaire
M'arrache mon bandeau.
O réveil plein de charmes !
Je renais sous tes larmes,
Et sors de mon tombeau.

LE DAUPHIN.

De vos yeux qu'elle éclaire
Une main tutélaire
Déchire le bandeau.
O réveil plein de charmes !
Mon père sous mes larmes
Est sorti du tombeau.

ODETTE.

De vos yeux qu'elle éclaire
Une main tutélaire
Déchire le bandeau.
O réveil plein de charmes !
Renaissant sous nos larmes,
Vous sortez du tombeau.

SCÈNE VII.

LES PRÉCÉDENTS, RAYMOND.

(On entend un appel de trompettes.)

CHARLES.

Quel est ce bruit?

RAYMOND.

On vient de la part de la Reine.

CHARLES.

Que veut-elle donc?

RAYMOND.

Qu'à l'instant,
Sire, à l'hôtel Saint-Paul Odette vous ramène,
Pour la fête qui vous attend.

CHARLES.

Une fête ! aujourd'hui ! je ne puis te comprendre.

RAYMOND.

Fête maudite, et qui fera répandre
Des pleurs de rage à ceux qui la verront !
En roi de France, au palais va descendre
Le prince anglais, votre couronne au front,
Sur les degrés, vous le recevrez, sire,
En l'embrassant, aux yeux du peuple entier,
Et votre voix s'élèvera pour dire :
Respect à lui ! voici mon héritier.

CHARLES, se jetant dans les bras du Dauphin.

Mon héritier, mon fils, c'est toi, Charles!

ODETTE.

Silence.

De leur triomphe passager,
Il faut supporter l'insolence.

CHARLES.

Et pourquoi ?

LE DAUPHIN.

Pour vous en venger.

QUATUOR.

ENSEMBLE.

Dieu puissant, favorise
Notre sainte entreprise,
Inspire-nous, et brise
Les fers du prisonnier ;
Si la France t'est chère,
Aux enfants rends leur père,
Et que de leur misère
Ce jour soit le dernier.

LE DAUPHIN.

Oui, sire, un jour encore !
Et trompant les Anglais,
Je puis avant l'aurore
M'introduire au palais.

ODETTE.

Un chevalier fidèle
Qui veille cette nuit,
Ouvrira la tourelle
Quand sonnera minuit.

LE DAUPHIN.

Au pied des murs j'arrive,
Et trois fois sur la rive,
Du cor la voix plaintive
Retentit jusqu'à vous,
Que dans la nuit profonde,
Odette me seconde,
Qu'un signal me réponde,
Je suis à vos genoux.

ODETTE.

S'il peut tout entreprendre,
Ma voix lui fait entendre
Cet air naïf et tendre
Que souvent j'ai chanté ;
Dans vos bras en silence,
Palpitant d'espérance,
Il vole, et sa présence
Vous rend la liberté.

RAYMOND.

D'une course rapide,
Vers Dunois je vous guide,
Son armée intrépide
Enfin vous voit unis.

CHARLES.

Alors que l'Anglais tremble.

LE DAUPHIN.

C'est Dieu qui nous rassemble.

ODETTE.

Et nous crions ensemble...

TOUS.

Montjoie et Saint-Denis !

ENSEMBLE.

Oui, la patrie est fière
De marcher tout entière,
Sous la noble bannière
Qui nous/vous voit réunis.
Alors que l'Anglais tremble !
C'est Dieu qui nous rassemble,
Et nous crions ensemble :
Montjoie et Saint-Denis !

(Ils sortent.)

(Le théâtre change et représente le vieux Paris éclairé par un brillant soleil d'automne. On voit sur un des côtés l'hôtel Saint-Paul, dont le péristyle est élevé de quelques degrés.)

SCÈNE VIII.

PEUPLE, SOLDATS ANGLAIS (plus tard), sur les marches de l'hôtel Saint-Paul; ISABELLE DE BAVIÈRE, CHARLES VI, ODETTE.

CHOEUR DES ANGLAIS.

Jour d'allégresse ! auguste fête !
Gloire à notre maître et seigneur,
Qui, sa double couronne en tête,
De deux peuples fait le bonheur !

CHANT DU PEUPLE.

Pompe de deuil, lugubre fête,
Qui mêle leur joie à nos pleurs !
La couronne de France en tête,
Leur maître insulte à nos malheurs.

HOMMES ET FEMMES DU PEUPLE, accourant.

Les voici ! les voici !

(Le cortége qui précède Bedfort commence à se déployer au fond dans tout son appareil.)

ISABELLE, à Charles.

Regardez ce cortége.

ODETTE, bas.

Souriez en le regardant.

CHARLES, bas à Odette.

Il s'accomplira donc cet acte sacrilége,
Sans qu'un seul bras...

ODETTE.

Soyez prudent,
Au nom du Ciel qui nous protége.

ISABELLE, à Charles.

Voyez le soleil éclairer
Le léopard qui marche sans colère,
Près des lis

CHARLES, bas à Odette.

Pour les dévorer.

ODETTE, de même à Charles.

Calmez votre juste colère.

CHARLES.

Passe, mais passe donc, insolente bannière,
Ou mes mains vont te déchirer !

CHOEUR DES ANGLAIS.

Jour d'allégresse ! auguste fête ! etc., etc.

CHOEUR DU PEUPLE.

Pompe de deuil, lugubre fête, etc., etc.

(Le jeune Lancastre et Bedfort paraissent à cheval précédés de leurs pages et de leurs écuyers.)

ISABELLE, à Charles.

Qu'il est beau cet enfant !

CHARLES, à Odette.

C'est un Anglais.

ODETTE.

Silence !

ISABELLE, à Charles.

En lui tendant les bras, vers son père il s'avance.

BEDFORT, présentant à Charles le jeune Lancastre.

Donnez-lui le baiser de paix :
Vous avez sur son front placé ce diadème.

CHARLES.

Moi ! moi !

BEDFORT.

C'est l'héritier, préféré par vous-même,
Qui doit régner un jour...

CHARLES, hors de lui.

Jamais !

(A Bedfort.)

Ma couronne en votre puissance...
Mon pied plutôt l'écrasera.

ISABELLE.

O surprise !

BEDFORT.

O fureur !

ODETTE, entourant le Roi de ses bras.

Sire !...

CHARLES, qui la repousse, arrache la couronne du front de l'enfant, et la foule aux pieds.

Jamais en France
Jamais l'Anglais ne régnera.

ENSEMBLE.

CHOEUR DU PEUPLE.

Vive Charle ! au roi la puissance !
C'est à lui d'imposer sa loi.
Vive le roi ! vive la France !
Noël ! noël ! vive le roi !

ENSEMBLE.

CHARLES, à Isabelle.

Tout doit fléchir sous ma puissance;
Superbe, tremblez devant moi.
Seul encor je commande en France,
Et seul en France je suis roi.

ISABELLE, à Charles.

Vous insultez à leur puissance
En pensant ne braver que moi;
Vous avez cru sauver la France,
Que vous perdez avec son roi.

ODETTE.

Qu'a-t-il fait? Contre leur vengeance
Il n'a plus d'autre appui que moi;
Mais je veux mourir pour la France,
Ou sauver la France et son roi.

BEDFORT ET LES ANGLAIS.

Vengeance! on nous trompait, vengeance!
De nous ils recevront la loi;

(En montrant l'enfant.)

Voici pour nous le roi de France;
Ils n'auront jamais d'autre roi.

(La foule se précipite vers Charles. Sur un signe de Bedfort, les soldats anglais se forment en bataille; ils abaissent leurs piques, et s'élancent pour repousser le peuple.)

ACTE QUATRIÈME.

La chambre à coucher du Roi.

SCÈNE I.

ODETTE.

Sous leur sceptre de fer ils ont tout comprimé;
Leurs armes ont fait fuir un peuple désarmé,
Dont le sang coulait sans vengeance.
Dans ce palais, où veille le soupçon,
N'as-tu, Roi prisonnier, recouvré ta raison
Que pour mieux sentir la souffrance?
Non, ton fils brisera tes fers en t'embrassant;
Tout est prêt; contre toi leurs fureurs seront vaines,
Tant que mon cœur battra de l'amour qu'il ressent;
Tant qu'un reste de sang
Coulera dans mes veines.

Mais, hélas! que m'ont révélé,
Cette nuit, mes songes funèbres,
Et que m'a dit dans les ténèbres
La voix sainte qui m'a parlé?

(Elle se courbe comme si elle entendait la parole de Dieu, et finit par tomber à genoux.)

« Humble fille des champs, ton heure vient; com-
» L'œuvre qu'une autre accomplira; [mence
» Sauve-le cet amant qui de l'indifférence
» A l'oubli pour toi passera.
» Cette destinée est la tienne:
» Mourir après l'avoir sauvé,
» Sans laisser une tombe où ton nom soit gravé,
» Un cœur qui de toi se souvienne. »

(Se relevant avec exaltation.)

Eh bien, patrie, adieu!
Sur moi, pour que ta flamme
Régénère mon âme,
Descends, souffle de Dieu!
Ta volonté remplie,
Dieu, frappe! et d'ici-bas,
Viens, avant qu'il m'oublie,
M'enlever dans tes bras.

(Apercevant Isabelle qui entre.)

La Reine!

SCÈNE II.

ODETTE, ISABELLE ET BEDFORT, qui restent d'abord au fond.

BEDFORT, avec colère à la Reine.

Pensez-y, madame, qu'il consente
A réparer l'affront
Dont sa rage impuissante
Osa flétrir ce jeune front.

ISABELLE.

Il va rentrer sous mon empire;
De sa fureur il est honteux:
Mais s'il faut aujourd'hui que mon pouvoir expire,
Ou sa raison, mon choix n'est pas douteux.

BEDFORT.

Sa raison, dites-vous!

ISABELLE.

Je sais ce que je peux.

(A Odette.)

Votre Reine, ce soir, vous attendra chez elle
Quand Charle aura fermé les yeux;
A cet ordre soyez fidèle.

ODETTE.

J'obéirai, madame.

ISABELLE.

Allez chercher le Roi;

Qu'il vienne.

ODETTE.

S'il refuse?

ISABELLE.

Hé quoi,

Quand c'est la Reine qui l'appelle!

ODETTE.

Mais je crains....

ISABELLE.

Dites-lui que je l'attends ici.

Faire attendre Isabelle!

Il n'oserait; allez, qu'il vienne.

SCÈNE III.

LES PRÉCÉDENTS, CHARLES, qui est entré à la fin de la scène précédente.

CHARLES.

Le voici!

BEDFORT.

De l'outrage public dont j'ai subi la honte,

Au Roi je demande raison.

CHARLES.

Du sang de mes sujets, qu'on répand en mon nom,

A Bedfort je demande compte.

ISABELLE.

Mylord exécutait l'ordre par vous signé.

CHARLES.

Si vous me disiez vrai, je serais trop coupable;

Non, jamais cette main....

ISABELLE, lui présentant un papier.

Lisez donc.

CHARLES, après y avoir jeté les yeux.

Indigné

Qu'on m'ait surpris cet acte abominable,

Je le déchire.

ISABELLE.

Vous!

BEDFORT, qui fait un mouvement vers lui.

Sire!...

CHARLES, l'arrêtant du geste.

N'avancez pas;

Si vous faisiez un pas,

(Brûlant le papier à la flamme de la lampe.)

Au feu vengeur qui les réduit en cendre,

Si vous osiez disputer ces lambeaux,

Tous mes aïeux pour me défendre

S'élanceraient de leurs tombeaux.

BEDFORT.

Vous préférez la guerre à la paix!

ISABELLE.

Quel délire!

En poussant la France aux combats,

Votre raison, l'avez-vous, sire?

CHARLES.

Ma raison! je ne l'avais pas,

Quand jadis vous croyant sincère,

Bedfort, je vous tendis les bras;

(A Isabelle.)

Quand je vous crus, à vous, des entrailles de mère,

Ma raison, je ne l'avais pas.

Je n'étais roi ni père, et je suis l'un et l'autre;

(A Bedfort.) (A Isabelle.)

Je maudis votre nom, et je maudis le vôtre;

Je n'attends plus de toi, traître, que trahison;

Toi, marâtre, à mes yeux tu n'es que sa complice;

J'appelle sur vous deux l'éternelle justice:

Vous voyez que j'ai ma raison.

ISABELLE, à part.

Tu la perdras bientôt.

BEDFORT.

Que le roi réfléchisse!...

CHARLES.

Sortez!

BEDFORT.

Ou dès demain...

CHARLES.

Sortez!

(S'avançant sur eux, le doigt levé, et les faisant reculer devant lui.)

Pour punir l'insolence,

Dieu marche à mes côtés:

Sortez de ma présence,

Sortez tous deux, sortez!

SCÈNE IV.

CHARLES, ODETTE.

CHARLES.

Mon fils, quand viendra-t-il?

ODETTE.

Qu'avez-vous fait?

CHARLES.

Qu'importe?

Parle-moi de mon fils.

ODETTE.

Il viendra, mais plus tard.

CHARLES.

J'aspire au moment du départ,

L'espoir dans ses bras me transporte;

Je pourrai donc le suivre et toujours et partout.

ODETTE.

Ah! calmez une ardeur qui vous serait funeste.

CHARLES.

Je suis fort, je le sens, ma mémoire l'atteste :
Vois si je me souviens de tout?
Trois sons de cor.

ODETTE.

Après?

CHARLES.

Toi, de cette fenêtre,
Tu chantes...

ODETTE.

Bien!

CHARLES.

Cet air simple et champêtre......

ODETTE.

Que vous aimez.

CHARLES.

Il vient; je cours sous ses drapeaux.

ODETTE.

A la fatigue du voyage
Préparez-vous par le repos,
Et pour que le sommeil ferme votre paupière,
Votre air chéri, je vais vous le chanter.

CHARLES.

Au Ciel, j'ai pour mon peuple adressé ma prière,
Plus calme je peux t'écouter.
(Il va s'étendre sur son lit.)
Avec la douce chansonnette
Qu'il aime tant,
Berce, berce, gentille Odette,
Ton vieil enfant.

ODETTE.

Chaque soir, Jeanne sur la plage
Donnait rendez-vous au beau page
Qu'elle adorait.
En l'attendant, Jeanne la blonde
Mêlait sa voix au bruit de l'onde
Et murmurait :
« Viens me rejoindre sur la rive,
» Si du rendez-vous où j'arrive
» Tu te souviens. »
Et dans la nuit l'écho fidèle
Qui semblait l'appeler comme elle,
Disait : viens, viens!

CHARLES, comme en rêvant.

Avec la douce chansonnette
Qu'il aime tant,
Berce encore, gentille Odette,
Ton vieil enfant.

ODETTE.

Mais bientôt Jeanne sur la plage
Attendit en vain le beau page
Qu'elle adorait.
Au bord des flots, Jeanne la blonde
Mêlait ses larmes à leur onde,
Et murmurait :
« Ne viens plus toi qui m'as trahie
» Ne viens plus, de ta perfidie
» Je me souviens. »
Au fond du cœur que disait-elle?
Je ne sais, mais l'écho fidèle
Disait : viens! viens!
(A part, après s'être assurée que le Roi dort.)
Hâtons-nous d'obéir à la reine Isabelle;
Je cours et je reviens.
(Elle s'approche encore du lit et sort sur la pointe du pied en chantant à voix basse :)
Au fond du cœur que disait-elle?
Je ne sais; mais l'écho fidèle
Disait : viens! viens!

SCÈNE V.

CHARLES, d'abord seul, puis l'homme de la forêt du Mans, JEAN-SANS-PEUR, LOUIS D'ORLÉANS, CLISSON.

CHARLES, qui se soulève doucement pour voir si Odette est partie.

Pauvre Odette! en pensant qu'au repos je me livre,
Elle reposera; va, dors : tu peux dormir.
Dieu, quand on a passé tant de nuits à gémir,
Affranchi de ses maux, qu'il est doux de revivre!

Oh! de notre immortalité,
Divin garant, raison sublime,
A tes rayons je me ranime
Pour sentir ma félicité.
Sur moi tu brilles sans nuage;
Ton éclat m'inonde, et je nage
Dans un torrent de volupté.

Qu'ai-je entendu?... Quels lugubres murmures!...
Mes sens m'avaient trompé.... Non, des gémissements
Se mêlent par moments
Au sourd cliquetis des armures.
(Un des panneaux de la boiserie a glissé sur lui-même et laisse voir une immense galerie, où des formes hideuses, et des spectres traînant des chaînes, sont à peine éclairés par une lumière fantastique.)

CHARLES.

O funèbres lueurs! que vois-je à leur clarté?...
D'effrayantes figures
Se meuvent dans l'obscurité!

CHOEUR.

Tremble, la tombe s'ouvre :
La mort qu'elle découvre
A tes regards en sort;
Et les pâles fantômes
Désertent ses royaumes
Pour t'annoncer ton sort.

CHARLES, qui s'est élancé de son lit.

Où suis-je?

L'HOMME DE LA FORÊT DU MANS, s'avançant tout-à-coup vers lui.
Ose, un instant, me regarder en face :
Eh bien! me reconnais-tu, Roi?

CHARLES.
Non, non ; mais ton aspect me glace.

L'HOMME DE LA FORÊT.
De la forêt du Mans te souviens-tu?

CHARLES.
C'est toi!
C'est bien toi!... Que ma tête alors était brûlante!
Elle brûle....

L'HOMME DE LA FORÊT.
J'ai dit que le fer, le poison,
Sèmeraient sur tes pas le deuil et l'épouvante.

CHARLES.
Fuis, spectre!

L'HOMME DE LA FORÊT.
Je l'ai dit.

CHARLES, avec égarement.
Ma raison! ma raison!

L'HOMME DE LA FORÊT.
Roi, j'ai dit vrai.
(Montrant trois fantômes qui s'approchent de Charles à pas lents.)
Regarde, c'est Clisson,
Qui tend vers toi sa main sanglante;
Louis, ton oncle, et Jean-sans-Peur.

CHARLES.
Mes cheveux sur mon front se dressent de stupeur!

CHOEUR.
Tremble, la tombe s'ouvre,
La mort qu'elle découvre,
A tes regards en sort,
Et les pâles fantômes
Désertent ses royaumes
Pour t'annoncer ton sort!

CHARLES.
Quel est-il donc?... Je touche à mon heure [suprême?...

L'HOMME DE LA FORÊT.
Ils tombèrent tous trois assassinés jadis.

CHARLES.
Eh bien!

L'HOMME DE LA FORÊT.
Tu périras de même.

CHARLES.
Grâce.

LES TROIS FANTÔMES.
Tu périras de même.

CHARLES.
Qui doit m'assassiner?

LES TROIS FANTÔMES, l'un après l'autre en étendant les bras vers lui.
Ton fils! ton fils! ton fils!

CHARLES.
Mon fils! ô fureur! quoi mon fils!

LE CHOEUR.
Maudis ce perfide
Qui veut t'immoler :
Mort au parricide!
Son sang doit couler.

CHARLES, agité d'une démence furieuse.
Frappez ce perfide
Qui veut m'immoler :
Mort au parricide!

LE CHOEUR.
Mort au parricide!

CHARLES.
Son sang doit couler.

LE CHOEUR, en s'enfuyant.
Mort au parricide!
Son sang doit couler.
(Tout disparaît, et la boiserie se referme.)

SCÈNE VI.

CHARLES, puis ODETTE, ISABELLE, BEDFORT, SEIGNEURS ET CHEVALIERS.

CHARLES.
A moi! sauvez mes jours.... secourez tous... des [armes!
Ces spectres, chassez-les! ils sont là tous les trois...
Là! là! les voyez-vous?

ODETTE.
Ah! calmez vos alarmes.

ISABELLE, bas à Bedfort.
Que vous avais-je dit?

CHARLES.
Chassez-les donc! des armes!
Frappez.

ODETTE.
Reconnaissez ma voix;
Ils n'y sont plus.

CHARLES.
Mais lui, c'est lui que je redoute :
Il veut m'assassiner.

ISABELLE.
Qui?

CHARLES.
Mon fils. Je les crois;
Ils l'ont dit.

ODETTE.
Votre fils!

ISABELLE, à Charles.

Que faites-vous?

CHARLES.

J'écoute :
Le cor, pour l'annoncer doit retentir trois fois.

ODETTE, à part.

Ciel!

BEDFORT.

Que dit-il?

ODETTE, à Charles.

Quittez ce lieu funeste;
Venez.

(Un premier signal se fait entendre.)

CHARLES.

Hé bien! l'avez vous entendu?

ODETTE, qui cherche à l'entraîner avec une sorte de violence.

Venez, sire.

ISABELLE.

Je veux qu'il reste.

CHARLES.

Encore! encore!

ODETTE.

Il est perdu.

BEDFORT, à Isabelle.

Dirait-il vrai?

CHARLES.

Que du traître on s'empare.

ODETTE.

De votre Charle!

ISABELLE.

Et comment?

CHARLES.

Il viendra
Lorsqu'au signal Odette répondra.
(A Odette.)
Chante.

ODETTE.

La terreur vous égare.
(A Isabelle.)
Madame, il n'a plus sa raison.

ISABELLE.

N'importe! chantez.

ODETTE.

Non.

CHARLES.

Tu m'obéiras.

ODETTE.

Non.
De ce palais qu'on me bannisse;
Qu'on me foule aux pieds; que ce bras
Sous son courroux m'anéantisse;
Non, non je n'obéirai pas.

CHARLES.

Hé bien! donc je te fais justice :
Je te chasse.

ODETTE.

Vous me chassez!
Vous!

ISABELLE.

Mais quel est ce chant?

CHARLES, qui rappelle ses souvenirs.

Viens!.. viens!...

ISABELLE, vivement.

Ah! je le sais.
(Elle s'élance vers la fenêtre.)
Viens me rejoindre sur la rive,
Si du rendez-vous où j'arrive,
Tu te souviens.
Et dans la nuit l'écho fidèle,
Qui semblait t'appeler comme elle
Disait : viens, viens.

ODETTE, à voix basse, pendant qu'Isabelle chante.

Son fils sera donc sa victime?

CHARLES.

Il viendra; c'est l'heure du crime;
Il s'en souvient.

LE CHOEUR, aussi à voix basse.

Écoutons!..

ODETTE.

Attente mortelle!

CHARLES.

A son affreux dessein fidèle,
Il vient, il vient.

ODETTE, BEDFORT ET LE CHOEUR.

Trompé par la voix qui l'appelle,
Il vient, il vient!

SCÈNE VII.

LES PRÉCÉDENTS, LE DAUPHIN.

LE DAUPHIN, qui s'élance vers le Roi les bras ouverts.

Mon père!

ISABELLE ET BEDFORT, avec un cri de triomphe.

Le Dauphin!

ODETTE, douloureusement.

Son fils!

CHARLES, furieux.

Je vous le livre.

(Sur un signe d'Isabelle, les chevaliers entourent le Dauphin, et le désarment.

LE DAUPHIN.

J'étais trahi!

CHARLES.

Frappez mon assassin.

LE DAUPHIN.

Moi, vouloir vous percer le sein !
Pour vous sauver je cesserais de vivre.

CHARLES.

Frappez, frappez mon assassin.

LE DAUPHIN.

Dans l'ombre il s'est passé quelque horrible mystère :
(Montrant la Reine et Bedfort.)
O toi qui sais ce qu'ils ont fait,
Un jour, vengeur divin des crimes de la terre,
Écrase-les sous leur forfait.

ODETTE.

Tonne, vengeur divin des crimes de la terre,
Écrase-les sous leur forfait

ENSEMBLE.

CHARLES.

Frappez ce perfide
Qui veut m'immoler;
Mort au parricide !
Son sang doit couler.

ODETTE ET LE DAUPHIN.

O complot perfide !
O Roi malheureux !
Que leur parricide
Retombe sur eux.

ISABELLE, BEDFORT, LE CHOEUR.

Leur complot perfide
Les perd tous les deux;
Que leur parricide
Retombe sur eux.

(ENSEMBLE.)

ACTE CINQUIÈME.

Un site agreste au bord de la Seine. Des feux sont allumés; il fait nuit.

SCÈNE I.

DUNOIS, TANGUY DUCHATEL, puis LA-HIRE ET SAINTRAILLES; des Chevaliers et des hommes d'armes forment différents groupes; les uns marchent, les autres se tiennent debout ou assis autour des feux.

UN SOLDAT, à ses camarades qui l'entourent.

A minuit,
Le seigneur de Nivelle
Me mit en sentinelle,
Et s'en alla sans bruit
Souper avec la belle
Qui m'attendait chez elle,
A minuit.

LE CHOEUR.

A minuit ?

LE SOLDAT.

A minuit.

Si ta belle
Est sans foi,
Sentinelle,
Garde à toi !

LES RONDES DE NUIT, dont les cris se répondent et se perdent dans le lointain.

Sentinelle,
Garde à toi,
Garde à toi !...

TANGUY DUCHATEL.

Dunois, personne encor ?

DUNOIS.

Personne.

TANGUY DUCHATEL.

L'entreprise,
Pour le Dauphin m'alarme.

DUNOIS.

Il sauvera le Roi,
Cher Tanguy, Dieu le favorise.

LE SOLDAT.

A minuit,
Fut-elle ou non fidèle ?
Demandez à la belle;
Quant à moi, chaque nuit,
Le seigneur de Nivelle
Me mit en sentinelle,
A minuit.

LE CHOEUR.

A minuit ?

LE SOLDAT.

A minuit.

Si ta belle
Est sans foi,
Sentinelle,
Garde à toi !

LE CHOEUR.

Si ta belle
Est sans foi,
Sentinelle,
Garde à toi!

LES RONDES DE NUIT.

Sentinelle,
Garde à toi!
Garde à toi!

TANGUY DUCHATEL, à Dunois.

N'ai-je rien entendu?

UNE VOIX, en dehors de la scène.

Qui vive?

UNE AUTRE VOIX, de même.

Lahire!

LAHIRE, à Dunois.

Avant le jour j'arrive.

DUNOIS, lui serrant la main.

En chevalier fidèle au rendez-vous.

LAHIRE, montrant ceux qui l'accompagnent.

Ces braves m'ont suivi, les autres dans la plaine
Attendent le signal.

DUNOIS.

Comme ceux que j'amène.

TANGUY DUCHATEL.

Et ceux que je conduis.

DUNOIS.

La fortune est pour nous.
Espérons!

UNE VOIX, de l'autre côté de la scène.

Qui vive?

UNE AUTRE VOIX.

Saintrailles!

SAINTRAILLES, en présentant à Dunois et à Tanguy Duchâtel, les bourgeois et les étudiants qui le suivent.

Non pas seul: de Paris ces enfants généreux
Désertant leurs murailles,
Ont rejoint dans la nuit mes escadrons nombreux,
Pour tenter avec nous le hasard des batailles.

DUNOIS.

Que nos rangs s'ouvrent donc pour eux.

TANGUY DUCHATEL.

Viens, commande, ô mon Roi! que ne peut cette armée,
Par ta présence auguste à combattre animée?
(Tirant son épée.)
Sur ce fer, devant Dieu, jurons
De n'avoir plus l'Anglais pour maître!
Le jurez-vous?

LE CHOEUR.

Nous le jurons.

TANGUY DUCHATEL.

D'être libres!

LE CHOEUR.

Nous le jurons.

TANGUY DUCHATEL.

Il ne faut que du cœur pour l'être:
Vainqueurs ou morts, nous le serons.

LE CHOEUR.

Devant Dieu, nous jurons de l'être:
Vainqueurs ou morts, nous le serons.

TANGUY DUCHATEL.

Quel bruit? est-ce une erreur?...
(Faisant quelques pas vers le fond.)
Non, dans la nuit profonde
Je vois par intervalle à la lueur des feux,
Une barque glisser sur l'onde.
Elle aborde. O bonheur! courons au-devant d'eux.

TOUS LES CHEVALIERS.

Courons, courons au-devant d'eux.

SCÈNE II.

LES PRÉCÉDENTS, RAYMOND, ODETTE, sous un costume plus simple que dans les premiers actes; elle va tristement s'asseoir à l'écart.

TANGUY DUCHATEL.

Raymond!

RAYMOND.

Tout est perdu.

DUNOIS.

Parlez.

RAYMOND.

Dans sa démence
Charle est retombé pour jamais.

TANGUY DUCHATEL.

Et le Dauphin?

RAYMOND.

Prisonnier des Anglais....

TOUS LES CHEVALIERS.

Prisonnier!

RAYMOND.

Dans leurs fers il attend sa sentence;
A Saint-Denis, demain, l'arrêt sera porté;
On y traîne le Roi, pour que sa voix proclame
Que son fils par le Ciel du trône est rejeté;
Pour qu'à Bedfort il donne l'oriflamme
Avec la royauté.

LE CHOEUR.

O noble France,
Plus d'étendard pour te guider!
Plus de chef pour te commander!
Plus d'espérance!

ODETTE, qui se lève et s'avance vers les chevaliers.

Il en est une encor, Dieu m'inspire: courez
Vers l'abbaye où la sainte bannière

Flotte sur la poussière
Des héros que vous révérez.
Mon père est le gardien de ces demeures sombres
Où tant de morts fameux sont venus s'engloutir;
Elles peuvent cacher des vivants dans leurs ombres,
Et la victoire en peut sortir.

C'est elle
Qui s'adresse à vous par ma voix,
Et sur les cendres de vos rois
L'oriflamme aussi vous appelle;
Partez, courez la conquérir!
L'oriflamme à qui sait mourir
Pour elle!

LE CHOEUR.

Partons, courons la conquérir;
L'oriflamme à qui sait mourir
Pour elle!

(Tous les chevaliers, l'épée à la main, sortent sur les pas d'Odette.)

Le théâtre change et représente l'intérieur de l'église Saint-Denis. Les trophées, les bannières de la croisade, les drapeaux ennemis pris dans les différentes guerres de la France sont suspendus aux piliers qui soutiennent la voûte. Au milieu de la salle, un portique élevé de quelques marches, et au bas des marches, de chaque côté les portes des caveaux de Saint-Denis; çà et là, sur le devant du théâtre, plusieurs tombeaux. La longue suite de ces monuments va se perdre jusqu'au fond de l'édifice.

SCÈNE III.

CHARLES, LE DAUPHIN, ISABELLE, BEDFORT, CHEVALIERS ET SOLDATS, ANGLAIS, PEUPLE.

(L'oriflamme est placée sous le portique.)

CHOEUR DU PEUPLE, tandis que Charles s'avance soutenu par Isabelle.

Voici ton heure, ô Providence!
Accomplis sur nous tes desseins!
Il vient ce vieillard en démence,
Plus pâle que ces marbres saints;
Sois nous propice, ô Providence!

CHARLES.

Où suis-je?

ISABELLE.

Devant vos aïeux.

CHARLES.

Que veulent-ils de moi?

ISABELLE.

Le châtiment d'un traître,

BEDFORT.

D'un meurtrier!

CHARLES, regardant le Dauphin.

Qu'il tremble!

LE DAUPHIN.

Innocent à leurs yeux,
Devant eux, sans rougir, leur fils peut comparaître.

CHARLES.

Meurtrier, renonce à tes droits.

LE DAUPHIN.

Sire, je ne le puis, par respect pour vous-même.

CHARLES.

Obéis, ou ces rois,
Dont ton front souillerait le sacré diadème,
Sur ce front avec moi vont lancer l'anathème.

LE DAUPHIN, aux pieds de Charles.

Eh bien! je l'attends à genoux:
Quand je devrais, maudit, mourir sur cette terre,
Ou loin du ciel de France, hélas, et loin de tous,
Au fond des prisons d'Angleterre,
J'y veux mourir digne de vous!

CHARLES, à Bedfort.

Prends donc cet étendard céleste,
Qui leur fut apporté par l'ange des combats,
Et qu'en le déployant ton bras
De son parti rebelle extermine le reste.
Peuple, ton Roi le veut!

ODETTE, s'élançant tout-à-coup à la tête des chevaliers qui entrent par les deux portes du fond.

Roi, Dieu ne le veut pas.

SCÈNE IV.*

LES PRÉCÉDENTS, ODETTE, TANGUY DUCHATEL, DUNOIS, LAHIRE, SAINTRAILLES, RAYMOND, CHEVALIERS, HOMMES D'ARMES.

(Odette franchit les degrés du portique pour s'emparer de l'oriflamme, et disparaît un moment enveloppée par un groupe de soldats; le peuple effrayé recule; Bedfort et les Anglais, l'épée à la main, se sont retirés sur un des côtés de la scène.)

CHARLES.

Que vois-je?

BEDFORT ET LES ANGLAIS.

Trahison!

LES CHEVALIERS FRANÇAIS.

Victoire à nous!

(Odette descend les degrés en tenant l'oriflamme qu'elle vient remettre au Dauphin.)

LE DAUPHIN.

C'est elle!

CHARLES.

Odette!

---

* Cette scène a particulièrement subi des changements pour la représentation.

ODETTE.

Aux mains dignes de la porter
Je rends de mon pays la bannière immortelle.

LE DAUPHIN.

Qui viendra me la disputer?

BEDFORT.

A moi, braves Anglais!

LE DAUPHIN.

France, à moi!

CHARLES.

Sacriléges,
N'insultez pas aux divins priviléges
De ces murs par vous profanés.
Voyez se soulever les pierres sépulcrales,
D'où sortent ces morts couronnés!
Tout ce peuple d'ombres royales,
Qui par ma voix vous parle en m'entourant,
Vient de votre avenir dérouler les annales
Aux derniers regards d'un mourant.

CHOEUR.

Respect à ces ombres royales,
A la voix sainte d'un mourant!

CHARLES.

Bedfort, Bedfort, je succombe, et toi-même
Bientôt tu me suivras; je t'ouvre le chemin,
Mais pour te traîner par la main
Au pied du tribunal suprême.
Prêtres, où portez-vous, sans pompe et sans flam-
Le cadavre de cette femme? [beaux,
Au peuple dont les mains la mettraient en lambeaux
Cachez son corps: à Dieu cacherez-vous son âme?
De la justice humaine on peut la préserver,
En dérobant, la nuit, une tombe pour elle;
La justice éternelle
Saura toujours l'y retrouver.

ISABELLE.

Je tremble, et me soutiens à peine.
A-t-il prononcé mon arrêt?

LE CHOEUR.

La Reine! Il regardait la Reine;
Son œil vengeur la dévorait.

CHARLES.

A l'assaut, chevaliers, suivez la noble fille
Qui brise en les touchant casques et boucliers!
Leurs soldats sous ses coups sont tombés par milliers,
Comme l'épi sous la faucille.
Des fleurs à pleines mains! Chantez, jetez des fleurs.
La couronne du sacre enfin sur l'autel brille.
Chantez... mais non versez des pleurs.
Cette vierge, elle est désarmée;
Elle disparaît à mes yeux
Dans des torrents de flamme et de fumée...
Anges, pour elle ouvrez les cieux!

(Dans ce moment la clarté devient plus vive, et le soleil semble briller d'une splendeur nouvelle.)

LE CHOEUR.

Quel jour pur l'environne
De son éclat sacré,
Et quel espoir rayonne
Sur son front inspiré!

(On entend le canon retentir dans le lointain.)

CHARLES.

France, réjouis-toi: de ta gloire prochaine
Le premier signal est donné.

LE DAUPHIN.

Deux partis sont aux mains.

BEDFORT.

On combat dans la plaine;
Sous ces murs le bronze a tonné.

CHARLES.

Oui, de Charles l'infortuné
Il annonce les funérailles
Et l'avénement glorieux,
Qui doit à Reims couronner les batailles
De Charles le victorieux!

TOUS LES CHEVALIERS FRANÇAIS.

Tout notre sang dans les batailles
Pour Charles le victorieux!

CHARLES.

Ouvrez vos rangs... O mes aïeux!...
En bénissant mon fils, je vous rejoins... J'expire.

(Il tombe dans les bras de ceux qui l'entourent; le dauphin se jette sur son corps, qu'il couvre de pleurs.)

DUNOIS.

Le roi n'est plus!

TANGUY DUCHATEL, LES CHEVALIERS ET LE PEUPLE.

Vive le roi!

BEDFORT, en montrant le Dauphin.

Qu'il ose donc ce Roi me disputer l'empire.

LE DAUPHIN, qui se relève et saisit l'épée d'un des siens.

Montjoie et Saint-Denis! Chevaliers, avec moi
Jetez le cri de délivrance,
Et la victoire y répondra.
Guerre aux tyrans! Jamais en France,
Jamais l'Anglais ne régnera.

CHOEUR général des chevaliers et du peuple qui prêtent serment au Dauphin.

Jetons le cri de délivrance,
Et la victoire y répondra.
Guerre aux tyrans! Jamais en France,
Jamais l'Anglais ne régnera.

FIN DE L'OPÉRA DE CHARLES VI.

PARIS. — IMPRIMERIE DE BOURGOGNE ET MARTINET, RUE JACOB, 30.

Ouvrages de première force pour le Piano.

CHOPIN.

Op.	Titre	fr.	c.
Op. 1.	Rondo.	6	»
	Le même à quatre mains.	7	50
2.	Là ci darem la mano, thème de Mozart, varié.	9	»
	Avec orchestre.	18	»
3.	Polonaise brillante pour piano et violoncelle.	7	50
6.	5 Mazurkas, à la Ctesse Plater.	5	»
7.	4 Mazurkas, à M. Johns.	5	»
8.	Trio pour piano, violon et violoncelle.	12	»
9.	Nocturnes, à Mme Cam. Pleyel.	6	»
10.	Etudes, 1er livre.	18	»
11.	1er Concerto, le piano seul.	12	»
	avec orchestre.	24	»
12.	Variations brillantes sur Ludovic.	6	»
13.	Fantaisie sur des airs polonais.	7	50
14.	Grand Rondo de concert, le piano seul.	9	»
	Avec orchestre.	18	»
15.	3 Nocturnes, à F. Hiller.	6	»
16.	Rondo.	7	50
17.	4 Mazurkas, à Mme Freppa.	6	»
18.	Grande valse brillante en *mi* bémol.	6	»
	Le même, à quatre mains.	7	50
20.	1er Scherzo.	7	50
21.	2e Concerto, le piano seul.	12	»
	Avec orchestre.	24	»
22.	Grande polonaise, piano seul.	9	»
	Avec orchestre.	24	»
23.	Ballade.	7	50
24.	4 Mazurkas, au comte Perthuis.	7	50
26.	Deux Polonaises.	7	50
27.	Deux Nocturnes, à madame la comtesse d'Appony.	6	»
29.	Impromptu.	6	»
30.	Quatre Mazurkas, à la princesse de Wurtemberg.	7	50
31.	2e Scherzo.	7	50
32.	Deux Nocturnes, à madame la baronne de Billing.	6	»
33.	4 Mazurk. à Me la Ctesse Mostowska	7	50
34.	Trois Valses brillantes, No 1, en *la* bémol. No 2, en *la* mineur. No 3, en *fa*. Chaque.	6	»
44.	Polonaise.	7	50
45.	Prélude.	6	»
46.	Allegro de concert.	7	50
47.	3e Ballade.	7	50
48.	13e Nocturne, à mademoiselle Laure Duperré.	6	»
	14e Nocturne, Id.	6	»
49.	Fantaisie.	7	50
50.	Trois Mazurkas.	6	»
	Grand duo sur Robert-le-Diable, à quatre mains.	9	»
	Le même pour piano et violoncelle (avec Franchomme).	9	»

DOEHLER.

Op.	Titre	fr.	c.
Op. 2.	Variation sur la Straniera.	7	50
3.	Variations sur I Capuleti ed I Montecchi.	6	»
4.	Variations sur la Norma.	7	50
6.	Fantaisie sur Robert-le-Diable.	7	50
14.	Deux Fantaisies sur l'Elisire d'Amore. Chaque.	6	»
15.	Dernière Pensée de Bellini.	7	50
17.	Fantaisie brillante sur Anna Bolena.	7	50
18.	Fantaisie sur le cor des Alpes.	7	50
19.	Rondino sur les somnambules de Strauss.	6	»
20.	Rondino sur la *Festa della Rosa*	7	50
22.	Variations brillantes sur les Huguenots.	7	50
27.	Grande Fantaisie brillante sur la Gypsy.	7	50
29.	Fantaisie sur l'opéra les Treize.	7	50
35.	Divertissement sur le Guitarrero.	7	50
37.	Grande Fantaisie sur Guido et Ginevra.	9	»
39.	Tarentelle.	6	»
40.	Deux Etudes à quatre mains.	7	50
45.	Adieu, mélodie de F. Schubert, transcrite et variée.	5	»
50.	Etudes de salon, en deux livres. Chaque.	20	»

THALBERG.

Op.	Titre	fr.	c.
Op. 1.	Mélange sur Euryanthe.	7	50
4.	12 Caprices en forme de valses.	6	»
5.	Adagio et Rondo de concert.	7	50
	Le même à quatre mains.	9	»
6.	Fantaisie brillante sur Robert-le-Diable.	9	»
	Le même à quatre mains.	9	»
9.	Fantaisie sur la Straniera.	7	50
	Le même à quatre mains.	9	»
10.	Fantaisie sur I Capuleti ed I Montecchi.	7	50
	Le même à quatre mains.	9	»
14.	Fantaisie sur Don Juan.	7	50
	Le même à quatre mains.	9	»
20.	Fantaisie sur les Huguenots.	9	»
	Le même à quatre mains.	9	»
	Six Romances sans paroles.	6	»
31.	Scherzo.	7	50
	Le même à quatre mains.	9	»
36.	La Cadence, étude en *la* mineur.	6	»
	Le même à quatre mains.	7	50
	Mosè, mi manca la voce.	4	50
	Le même à quatre mains.	5	»
40.	Fantaisie : Donna del Lago.	9	»
	Le même à quatre mains.	9	»
	La Romanesca, air de danse du seizième siècle, transcrit.	4	50
	Le même à quatre mains.	5	»
43.	Grand Duo pour piano et violon, sur les Huguenots (avec de Beriot).	9	»
	Le même pour piano et violoncelle.	9	»
	Deuxième grande Fantaisie sur les Huguenots.	9	»
	Le même à quatre mains.	9	»
	Romance sans paroles.	5	»
	Le même à quatre mains.	6	»
	Felice Donzella, romance italienne de J. Dessauer.	6	»
	Le même à quatre mains.	7	50

HENSELT.

Op.	Titre	fr.	c.
Op. 2.	Poème d'amour, étude.	5	»
8. [?]	Rhapsodie et Valse de Varsovie.	5	»
11.	Variations de concert sur Robert-le-Diable.	9	»
13.	Wiegenlied, chant du berceau.	5	»
14.	Air bohémien, suivi d'une mélodie champêtre.	7	50
	Deux romances sans paroles.	5	»
	Air russe, transcrit.	4	50
	Deux Nocturnes.	6	»

LISZT.

Op.	Titre	fr.	c.
Op.	Episode de la vie d'un artiste. Symphonie fantastique de Berlioz, transcrite pour piano.	40	»
	Trois grandes fantaisies, N. 1, Les Huguenots. N. 2, La Juive. N. 3, Robert-le-Diable. Chaq.	9	»
	24 grandes Etudes en quatre livres. 1er et 2e livre. Chaque.	20	»
	La Rose, mélodie de Schubert.	6	»
	Fantaisie sur la Clochette de Paganini.	9	»
	Harmonies poétiques et religieuses.	6	»
	Apparitions.	7	50
	Le Chant du cygne, dernière mélodie de Schubert.	6	»
	Adelaïde, de Beethoven, avec les points d'orgue.	7	50
	Le Moine, de Meyerbeer.	7	50
	Valse mélancolique.	6	»
	Mazeppa, étude.	7	50
	2e Marche hongroise.	7	50

DREYSCHOCK.

Op.	Titre	fr.	c.
Op. 4.	Le Tremolo, étude.	6	»
8.	L'Absence, romance sans paroles, avec de nouveaux effets acoustiques.	6	»
9.	Scène romantique.	6	»
10.	La Clochette, impromptu.	6	»
13.	Premier Rondo militaire.	7	50
14.	Mazurka.	5	»
15.	Les Adieux, romance sans paroles.	6	»
17.	Romance.	5	»
18.	Les Regrets, romance sans paroles.	6	»
19.	Scherzo.	6	»
20.	Deuxième Rondo militaire.	7	50
21.	Impromptu.	6	»
22.	Variations brillantes pour la main gauche.	6	»
23.	Andante inquietoso.	7	50
	Deux mélodies de Mendelssohn, transcrites.	6	»

WOLFF.

Op.	Titre	fr.	c.
Op. 11.	Grande Fantaisie sur Guido et Ginevra.	7	50
15.	Trois Romances sans paroles.	6	»
16.	4 Valses brillantes. 1er livre.	6	»
17.	Id. 2e livre.	6	»
20.	24 Etudes, 1er livre.	24	»
21.	Caprice sur un thème de Berlioz.	6	»
22.	Rondo brillant sur un thème de F. Halévy.	6	»
23.	Impromptu brillant sur un thème de F. Halévy.	6	»
25.	Grande Fantaisie sur le Shérif de F. Halévy.	7	50
26.	1er Grand Duo brillant à 4 mains.	9	»
27.	2 Nocturnes dédiés à Moschelès.	6	»
28.	Scherzo.	7	50
29.	4 Rhapsodies en forme de valses. 1er livre.	6	»
	Id. 2e livre.	6	»
37.	Souvenir de Pornic [?], valses brillantes.	6	»
38.	4 Mazurkas.	6	»
39.	Allegro de concert, dédié à Chopin.	9	»
43.	3 Fantaisies sur la Favorite, 3 suites. Chaque.	6	»
45.	Nocturne en forme de mazurka.	6	»
	Marche héroïque de F. Halévy, transcrite.	6	»
47.	Grande Fantaisie sur le Guitarrero.	7	50
49.	Divertissement.		
50.	24 Etudes dédiées à Thalberg. 2e livre.	24	»
57.	2e Grand Duo à quatre mains sur la Favorite.	9	»
60.	3e Grand Duo à quatre mains sur le Guitarrero.	9	»
62.	Ballade.	5	»
63.	La Favorite, grande valse brillante.	6	»
64.	3 Fantaisies sur la Reine de Chypre, 3 suites. Chaque.	6	»
67.	4e Grand Duo à quatre mains sur la Reine de Chypre.	9	»
68.	Grande Fantaisie sur la Reine de Chypre.	7	50
70.	2 Fantaisies, N. 1, sur Euryanthe, N. 2, sur Preciosa. Chaque.	6	»
	Grand Duo pour piano et violon sur Robert-le-Diable (avec de Bériot).	9	»
	Le même pour piano et violoncelle.	9	»
73.	2e grande Fantaisie sur la Reine de Chypre.	7	50
	Le même à quatre mains.	9	»
74.	2e grande Fantaisie sur la Favorite.	7	50
	Le même à quatre mains.	9	»
75.	8e grand Duo à 4 mains sur les Huguenots.	9	»
79.	9e grand Duo à 4 mains sur Guido et Ginevra.	9	»
80.	10e grand Duo à 4 mains sur la Juive.	9	»
83.	Nocturne.	5	»

www.ingramcontent.com/pod-product-compliance
Ingram Content Group UK Ltd.
Pitfield, Milton Keynes, MK11 3LW, UK
UKHW021117290826
14628UKWH00014B/2607

9 782019 704988